本书由中国科学院科学传播局资助出版

聆听荒野

荒漠中的生命之美

刘瑛 著

科学出版社
北京

内 容 简 介

本书主要描述生活在以新疆为代表的边缘荒漠地带的物种的生存现状和生存智慧。通过展示这些植物和动物面临的生存压力，以及在旷野中所接受的生存极限挑战，体现它们与大自然相互借位、相互争夺、相互成全、相互依存的关系。这是一幅绮丽的荒野生存画卷。这些物种在某种程度上代表了荒漠区生物在大自然和以人类为主导的地球脉络中求取生存的智慧和原则，希望广大读者通过阅读本书，了解这些生物面临的生存危机，以此来提升自己对生态环境的保护意识。

图书在版编目 (CIP) 数据

聆听荒野：荒漠中的生命之美 / 刘瑛著. -- 北京：科学出版社，2021.9
ISBN 978-7-03-069067-8

Ⅰ. ①聆… Ⅱ. ①刘… Ⅲ. ①散文集—中国—当代 Ⅳ. ① I267

中国版本图书馆CIP数据核字(2021)第108616号

责任编辑：张　婷 / 责任校对：申晓焕
责任印制：师艳茹 / 插画设计：大盛百畅文化

科学出版社 出版
北京东黄城根北街16号
邮政编码：100717
http://www.sciencep.com

中国科学院印刷厂 印刷
科学出版社发行　各地新华书店经销

*

2021年9月第 一 版　开本：720×1000　1/16
2021年9月第一次印刷　印张：12 1/4
字数：170 000

定价：68.00元

（如有印装质量问题，我社负责调换）

序

  近些年来，不时收到为各类书籍作序的邀请。每每收到邀请，心里总有些忐忑。如果是自己所熟悉的专业领域，觉得还可以接受。但如果作序的著作并非自己所熟悉的专业，心里就会觉得不安，有贻笑大方的感觉。近日，我的同事刘瑛女士邀请我为她即将面世的新作《聆听荒野：荒漠中的生命之美》作序。从书名看，我觉得自己应该能读懂，便欣然接受了邀请。拿到书稿后，自己就被书中优美的文字、生动的科学知识、有趣的文化历史典故、相关科学工作者动人的故事所吸引。刘瑛女士记者出身，我之前对她深厚的文字功底已有了解，她平时对科普工作的热情也时时感染着我。但要编写生物学科普图书，没有对相关科学知识的深入学习和了解，就很难编写出好的作品。拜读了刘瑛女士对书中30个物种的相关科学知识的描述后，才发现她对相关科学知识已有很多深入的了解和认知。

  新疆远离海洋。境内高山耸立、荒漠浩瀚、草原连绵、河流纵横、湖泊众多。不同的气候条件和复杂的地貌赋予新疆独特的生态环境，也孕育了丰富多彩的生命世界。荒漠中物种的生存环境十分艰难。但在新疆这片广袤的土地上，却生活着许多可敬可佩的动植物。也许你听说过普氏野马，但这个家族几近灭绝的历史你了解吗？或许你在媒体上看到过呆萌的伊犁鼠兔，但它们的生存环境及发现这些可爱生命的科技工作者几十年来一直在为保护这些日渐消逝的精灵所做出的努力和贡献，你知晓吗？你可能听说过现今野骆驼的家园是罗布泊，而罗布泊大部分地区几乎寸草不少，那么你想探询野骆驼在如此荒凉的环境下是如何生存的吗？它们是如何适应这里的环境的？它们吃什么、喝什么？"千年不死，千年不倒，千年不朽"的沙漠王——胡杨、沙漠之花——怪柳、荒漠活着的煤炭——梭梭、叫"枣"却不能吃的沙拐枣、"不劳而获"的沙漠人参——肉苁蓉、可以十几年不"喝"水但有一点水 5 秒就能"复活"的苔藓、喜爱"吃"盐的盐角草、只开花不见叶的准噶尔无叶豆、高山植物大明星——雪莲……这些植物为了适应其生存环境，进化出了各自不同的非凡功能（抗逆性状），拥有了能战胜各种"敌人"的武器（基因）。这些植物的美丽、它们的智慧，以及许多有关这些植物背后感人的故事都可以在《聆听荒野：荒漠中的生命之美》中找到答案。

有幸在《聆听荒野：荒漠中的生命之美》面世前拜读，从中学习到了很多知识，也领悟到了许多道理。正如作者所表达的，生命非常不易，面对挑战，没有选择，只能应对。这何止是动植物，我们人类不也是如此吗！

谨以我对该书的读后感作为序。期待众多读者跟我有同样的感受和收获，更期待作者有更多佳作问世！

管开云

中国科学院新疆生态与地理研究所研究员
全国首席植物学、保护生物学科学传播专家
国家林业和草原局林草科普首席专家
2021 年 6 月 4 日于乌鲁木齐

导读

向大自然学习生命的智慧

天地蕴生机，自然藏真趣。

翻阅刘瑛女士新作《聆听荒野：荒漠中的生命之美》，如饮甘醴，心旷神怡，思绪亦不时飘飞到多年前数次新疆之行时，我所见识的荒漠植物群落。

印象最深的是在初冬时节，于塔城地区沙湾县看到的一种藜科猪毛菜属植物，想必是刺沙蓬吧！那会儿它们已呈枯死状态，一团乱麻似的身姿，显得毫无生气。同伴中有位研究植物的学者绘声绘色地向我们描述，它们青春勃发之时，是何等靓丽迷人！

说来也巧，没过几天，我就从刘瑛发给我的一批照片中，看到了它们的青葱倩影。那是亮相于"全国科普日新疆系列活动之荒漠植物科普摄影展"上的一些作品。刘瑛还特别介绍说，新疆有一类极具代表性的荒漠植物，它们会在夏季干热季节来临之前短短的几个月里，迅速完成整个生命周期，随后整个植株或地上部分干枯死亡，以种子或地下器官休眠的形式渡过对植物生长不利的季节。到了来年春季，再由种子或地下器官形成新的个体。

这就是所谓的"短命植物"，又称"短营养期植物"。为了生存，它们在长期与严酷环境做斗争的过程中，练就了一些趋利避害的特殊本领。据知，仅在新疆准噶尔盆地的荒漠地带，就生存着250多种"短命"及"类短命"植物，410多种旱生植物、沙生植物、盐生植物等荒漠植物。

荒漠植物——荒野中的生命奇观，兼具科学价值与人文意义，堪称一张别样的新疆名片，亦为另一种新疆"大美"的体现。

有道是：万物各得其和以生，各得其养以成。

我国地域辽阔，地貌丰富，气候多变，形成了复杂的生态环境，分布有高山、平原、森林、荒漠、草原、湿地等独特的生态系统。今天我们所见之物种，都是大自然跨越历史长河的精心馈赠。周而复始繁衍生存的陆生植物，更是描绘着绿色这一大自然底色的"艺术大师"。

英国生物学家、进化论的奠基人达尔文曾写道："在生物的版图中，我总是乐意赞美植物。"回望植物的演化之路，仅就"繁殖艺术"而言，从"无性"到"有性"，从"双性合璧"的异交到"自给自足"的自交，植物的生存智慧就已经超乎我们的想象。再看：根的出现解决了取水问题，让植物可以脱离水域；维管束彼此交织连接，又让植物体输导水分、无机盐和有机物质成为可能，进而使植物由"初等"向"高等"迈进。

或许可以说，植物是比我们一直以为的那样演化得更好、更适应环境、更"智能"的物种，尽管"植物智能"这一提法颇有争议。其实，早在20世纪初，就有科学家通过研究植物对各种刺激的反应，指出植物对所处环境会进行积极的探索，能够学习并根据目标调节自己的行为。植物生理学近年来的发展，亦促成我们把植物当作有获取、存储、分享、处理和利用周围信息能力的生物体来研究。一位学者甚至提出，如果把"智能"定义为解决生存中所面临问题的能力，那我们真的就无法否认植物确实具备这些能力。

已有研究表明，即便没有神经元，植物也还是能够借助自身的感知和响应系统，出色地处理及整合信息，进而调控自己的生理、生长发育和形态建成。植物虽然不能像人和动物那样可以通过运动去逃避逆境，但是它可以通过整合环境信息和自身生理活动，去积极努力地适应环境的变化。

生物学中的"演化"，一般是指一个缓慢持续的适应过程。在这一过程中，生物体发展出一些新的特性，以适应生存环境。而特殊地理地貌的生境，往往会"催生"极具适应力乃至能够在极端环境下生存的特殊植物。这些种类大多具有重要的科学、经济、生态和文化价值，也是平日里人们很难一睹芳容的植物品种。该书中多个篇章描述的颇具典型性的荒漠植物，其在繁衍生息中所展现出的诸多"能耐"，亦让人不能不感叹植物的生存智慧和造化的精妙神奇。

荒漠之中，水是一种稀缺资源。荒漠植物通常都已演化出各种策略来应对缺水环境。在极度缺水的时候，许多植物都会进入休眠状态。一旦有雨露滋润，它们往往能够迅速完成发芽、生长、开花、结实的整个过程。就形态而言，荒漠植物的叶表面积一般都缩小或退化了，或在演化中出现了"变态"，呈鳞片状、刺状，或呈无叶类型，这对降低植物的蒸腾速率大有裨益。

譬如，荒漠植被重要的建群植物之一、防风固沙的"卫士"沙拐枣，其叶子已缩小成托叶状包裹在枝条的节间，导致枝条节间很短，生长时拐来拐去的，也使得这个"治沙先锋"因此有了"拐枣"之名。尤为神奇的是，沙拐枣不仅可以由同化了的绿色嫩枝替代叶子功能进行光合作用，而且其枝条上还长出了一层蜡皮，借以规避高温灼伤和水分散失。沙拐枣属植物丰富的多态性和可塑性，是一种微进化和随环境演化的表现。这也使它成为生物学家眼中分类和进化基础科学研究的"好材料"，竟能涉及经典分类学、物候学、繁殖生物学、细胞学、解剖学和分子生物学等多个学科。

该书描述的"在风起沙落中静静守候"的白梭梭，是沙漠中固沙能力极强的一种小乔木，其叶子已退化成鳞片状，贴附在枝条上，这样可以起到减少水分蒸发、抵御干旱之效。此种现象在仙人掌中则演化到了极致——其叶子干脆变成了锥形针刺（刺当然也有保护自身的"功能"），其特殊构造使得水汽一旦与之接触，就会在某种压差作用下，让水珠总能流向钩毛簇中央，并把水分汇聚在贮水组织之中。像常做盆栽的肉质灌木霸王鞭，也长有由托叶特化而来的小刺，但它却属于与仙人掌科相距甚远的大戟科——只是为了适应干旱少雨的气候，两者才演化出了相似的外观形态。

善于在沙漠中收集水汽的代表，据我所知，还有一种是生长在非洲纳米比亚荒漠上高达2米的草本植物，叫作纳米比亚针禾。当雾气来临时，它平均每平方米叶片（差不多是一丛草的面积）竟能抓取5升水。所有水分不会浪费一滴，全都被转移到土壤中，被根部完美吸收。这样一来，它就能享受到与非沙漠气候地区植物相当的灌溉效果。这一高效过程，真正体现了最大的产出和最少的浪费。

有这样一种说法：盐碱地是荒漠里的荒漠。我国的盐碱地面积超过30万平方千米，集中分布在新疆、内蒙古、宁夏、甘肃等地。众所周知，大多数植物是不能在盐碱地上生长的。能够在盐碱地上立足的植物，必然有异乎寻常的"定力"。

类如该书开篇所介绍的大漠戈壁中的"旗帜"——胡杨，即以非凡的抗盐碱和傲岸的风姿闻名。胡杨系古地中海成分，是第三纪孑遗的古老树种。它能将自己的根深深扎入沙壤中，不断从含有盐碱的地下水中吸取水分和养料，再从树皮中分泌出一种名为"胡杨碱"的结晶体，把多余的盐分排出，妥妥的一个"除盐机"；而且，胡杨之美在各个季节各有不同，特别是冬季掉光了叶子的胡杨，还能以别致的树形演绎出该书作者所形容的"一种沧桑和凄美"。

我在新疆北部见过的一种名为疣苞滨藜的半灌木植物，则可将吸收和累积的盐分集聚在其叶表的特殊细胞内，降低生境里的盐分含量，具有强大的抗盐碱和抗旱能力，故而能在盐碱荒地上茁壮成长。还有一种目前野生数量已极为稀少的瓣鳞花，天生不惧旱也不惧盐碱，能生长在一般植物无法生长的盐碱地里。当它的根部从土壤中吸取了盐和水分后，其叶子就像人一样会"出汗"，"汗"中含有盐分。当"汗滴"从叶片表面蒸发掉时，叶片上会留下一层洁白的盐霜。

该书亦有介绍的多枝柽柳，属落叶灌木或小乔木，也是一种奇特的泌盐植物。它能在含盐量 1% 的重盐碱地上生长，秘诀在于其叶片上分布有特殊的腺体，可将根部吸收的盐分排到植物体外。作为荒漠群落的重要组成部分，多枝柽柳是一种优质的荒漠绿化树种，亦能担当防风固沙的大任。它还是著名的补益中药材管花肉苁蓉的寄主，管花肉苁蓉在其根下寄生，形成了一个完整的生物链。过去，肆意采挖管花肉苁蓉对多枝柽柳植被造成了很大的破坏，两者的野生种质资源都面临很大的困境。如今，管花肉苁蓉和多枝柽柳均已被列为国家重点保护野生植物（第二批）Ⅱ级。

……

坚韧的生命，蓬勃的生机，揭示出万物生长的神奇奥秘，铺展开物种延续的生生不息，也书写着大自然的丰富瑰丽——《聆听荒野：荒漠中的生命之美》向我们昭示的，我想还不止这些。

置身当下纷纷扰扰的世界、忙碌喧嚣的时代，我们或许还能有更多的思考。

英国 17 世纪杰出的博物学家约翰·雷曾这样描述自己年轻时行走于大自然中的顿悟："春天草地上丰富的美景吸引了我，使我随即沉醉于其中；接着，每一株植物奇妙的形状、色彩和结构使我满怀惊异与喜悦。当我的眼睛享受着这些视觉上的盛宴时，我的心灵也为之一振。我心中激起了对植物学的一种热情，我感觉到一种成为这一领域专家的蓬勃欲望，从中我可以让自己在单纯的快乐中抚平我的孤寂。"

撰写此篇导读时看到这段文字，我不禁产生了一点遐思。我能想象，身处"我们新疆好地方"、作为"非专业人士"的刘瑛，带着怎样的一种热忱，将目光放逐于荒漠和生养其中的草木虫兽，去感受那个场域里的生命律动，并以富有文学气息、充盈科学韵味的笔触表达出来。这种贴近原生态的展示，既奏响了人与自然和谐相处的主旋律，同时也为读者褪下了荒漠物种的神秘面纱。在一次次与大自然的交融中，作者自己亦沉浸其中，收获了一种无以言说的别样快乐。

当然，我知道，要在一篇篇学术文献中读出公众感兴趣的知识点，然后对这些点进行"翻译"，把公众不太容易理解的部分用通俗的方式进行讲解，将学术（科研）语言转化为科普语言，并且努力确保其准确无误，那真的是很不容易的。但我觉得刘瑛做的很好，相信读过该书后读者也自有明断。中国科学院科学传播局慧眼识珠资助该书出版，科学出版社协同作者精心打磨玉成此事，亦让我心生敬意，研读学习后欣然写下这些文字。

末了想说说，早前在新疆穿过沙漠旅行时，曾看到道旁立有巨幅励志标语，云："只有荒凉的沙漠，没有荒凉的人生"。后来见到中国环保活动的启蒙者、环境教育专家唐锡阳前辈，聊及此事，他却建议，将标语改成："只有荒凉的人生，没有荒凉的沙漠"。个中味道，值得咂摸。

尹传红

中国科普作家协会副理事长
《科普时报》原总编辑
国家林业和草原局林草科普首席专家
2021 年 8 月 3 日于重庆

前言

生命常常不易，生活在繁华都市里的人们，感受到的多是来自内心的压力，或许是欲望，或许是寂寞，或许是冲动，各种各样的情绪一时难以概括；而生活在荒野之中的那些生物，无论动物，还是植物、微生物，它们面临的生存压力，不是莫可名状、不可言说的，而是直接来自生存底线的严苛条件，没有选择，只能应对！

但是，如果你有幸能漫步在中亚干旱区的荒野，你会发现，在生存极限受到严峻挑战的旷野中，生命如此繁茂，它们相互借位、相互争夺、相互成全、相互依存，构成了一道绮丽的生存画卷，这或许是对"生生不息"的最好诠释……

凭借着多年游走中亚干旱区的经历，徜徉在这些存活于逆境中的各类生物之间，我一直期盼自己能用笔和镜头来记录它们，记录那些或微小，或神奇，或妖娆，或挣扎的生命。那些在荒野中动用全部激情、能量和智慧存活下来的生命，它们是生存的百科全书，它们是死里逃生的现实范例，它们是绝处逢生的最佳情景再现。

在贫瘠的荒野中，你所能观察到的生存都极为不易，有些植物为了繁衍生息尽可能缩短生命周期，有些微生物让你觉得生存和死亡之间的转化速度堪比幻灯片，有些动物在各种不可能之间找到了生存的路径。看着这些在荒野里求生的物种，你会恍然大悟，大自然把生存还是毁灭的宏大命题，通过这些物种，用一种绝无仅有的方式展现在人们眼前。或许，这是引导人们敬畏自然最好的启迪方式。亦或许，这种艰难的求生境况传递着某种危险的信号，当现有的自然环境被破坏之后，人类必然也将面临严苛的生存环境。那人类该如何选择？是从现在开始保护自然环境，还是以后在艰难的生存环境中奋力挣扎？

  无论怎样，我希望通过笔和镜头，向人们展示那些在荒野中挑战过各种生命极限之后存活下来的物种，期望它们不一样的存活经历和生存法则，让人们关注到各种繁华之下掩映着的生存危机……

刘瑛

Contents
目录

胡杨　千年传说千年梦	002
多枝柽柳　旷野中的一抹绯红	008
白梭梭　在风起沙落中静静守候	014
沙拐枣　能否望"枣"止馋	020
管花肉苁蓉　不一样的寄生植物	026
骆驼刺　生命禁区的挑战者	032
新疆沙冬青　荒野中的常绿活化石	038
阿魏　繁花或成断根草	044
齿肋赤藓　在荒漠中铸造生命奇迹	050
裸果木　生长在砾漠上的孑遗物种	056
尖喙牻牛儿苗　荒漠里的天使羽翼	062
准噶尔半日花　花开半日亦风情	068
新疆郁金香　荒野中的明媚春光	074
猪毛菜　摇曳旷野绽芳容	080
盐角草　以"吃盐为乐"的草本植物	086

准噶尔无叶豆 沙丘上的木本克隆植物	092
麻黄 喜忧参半的荒漠守护者	098
盐桦 梦里寻它千百度	104
野巴旦杏 油画里的静谧美人	110
猪牙花 跌进泥坑也妖娆	116
白番红花 笑对冰雪不负春	122
淡紫金莲花 雪域梦中花	128
小果雪兔子 雪线上哭泣的萌呆植物	134
雪莲 旷野觅仙踪	140
普氏野马 驰骋在卡拉麦里的魅影	146
伊犁鼠兔 日渐消逝的深山萌宠	152
北山羊 悬崖上的跳跃高手	158
雪豹 游弋在雪山上的精灵	164
野骆驼 神秘罗布泊的守望者	170
马可波罗盘羊 在荒野中低吟	176

胡杨
千年传说千年梦

在很多人眼里，胡杨是一抹金黄色的梦，在电影《英雄》的画面里，在摄影师的镜头中，在画家的颜料里。但对国人来说，胡杨是一种精神，不止"千年不死，千年不倒，千年不朽"这么直白简洁，每一棵胡杨，都演绎着一部同风沙抗争的生存史。

胡杨（*Populus euphratica*），是杨柳目杨柳科杨属的一种落叶乔木，木质纤细柔软。胡杨也是地球上最古老的一种杨树之一。《后汉书·西域传》和《水经注》中都记载着塔里木盆地有胡桐，也就是我们所说的胡杨。成年胡杨树高15~30米，幼树和嫩枝上密生柔毛。胡杨对荒漠中干旱、多变的恶劣气候及高盐碱的土壤，都有极强的忍耐力，是荒漠区抗干旱、御风沙的优良树种。

胡杨的叶子很有特点，在同一棵树上，长

物种特点

乔木，高10~15米，稀灌木状。树皮淡灰褐色，下部条裂；萌枝细，圆形，光滑或微有绒毛。苗期和萌枝叶披针形或线状披针形，全缘或不规则的疏波状齿牙缘；成年树小枝泥黄色，有短绒毛或无毛，枝内富含盐量，嘴咬有咸味。叶形多变化，卵圆形、卵圆状披针形、三角状卵圆形或肾形。

着3种不同形状的叶子。嫩枝上的树叶,呈柳叶形。在略为粗壮的树枝上,叶片又呈椭圆形。到了成年树枝上,则变成了类似银杏叶状的叶子。所以它又被称为"异叶杨"。科研人员发现,同树异叶是为了生存,大叶片是为了吸收阳光,而柳叶形的叶子则是为了减少水分散失。而且,胡杨的叶片上有蜡质,为的是锁住每一滴水,确保能在极度干旱的荒漠中存活下去。

胡杨的根,更是一种神奇的存在,不仅可以深扎入土壤层20米以下汲取地下水,还能从根部萌生幼苗,不断扩大自己的"疆域"。中科院新疆生态与地理研究所的科研人员发现,胡杨具有强大的水平根系,这些水平根系上的不定芽,在土壤水分条件较好、盐碱不太重的情况下,能大量萌发出幼苗。在荒漠条件下,这种方式已经成为胡杨自然繁殖的主要方式之一。塔里木大学的科研团队在新疆塔里木地区的调查发现,凡有胡杨生长的地方,其周围都可以看到胡杨的根蘖苗,一棵胡杨20~30米的范围内,可根蘖繁殖出数十株甚至更多的后代,形成团状的幼林。

胡杨还被称为"眼泪树",这和它独特的细胞密不可分。因为要适应高盐碱地区的环境,不受周围环境中仅有水源——盐碱水的伤害,胡杨进化出了细胞液浓度很高、细胞透水性强的特性,不断从含有盐碱的地下水中吸取水分和养料,同时又通过茎叶的蜜腺排泄盐分,当体内盐分积累过多时,胡杨便能从树干的节疤和裂口处自动排泄出生物碱,形成白色或淡黄色的块状结晶。所以,在很多被大风折断了树枝的胡杨身上,可以看到从断口处流出白色或淡黄色的生物碱,远看像一道道泪痕,况且还是咸的,所以就成了"眼泪树"。不过,这些胡杨碱是可以食用和药用的。以前,当地居民还用胡杨碱制作肥皂,用其清洗衣物。据说,一株大胡杨树,一年可生产几十斤[①]胡杨碱,够当地一家居民用好几年。

胡杨之美,各个季节各有不同。

---

① 1斤=0.5千克

① 胡杨之静美
② 水中胡杨

摄影 左永江

①
②

摄影 范书财

春季,绽放的紫红色披针形花,是荒漠腹地一幅奇异的画卷;夏季,它是炎炎荒漠中,一抹生机盎然的绿色屏障;秋季,金黄灿烂的胡杨叶,是人们梦中最纯美的韵律;冬季,掉光了叶子的胡杨,因树形别致而演绎出一种沧桑和凄美,雪后的胡杨,更是让人领略北国之冬的别样生机。

世界上的胡杨绝大部分生长在中国,而中国 90% 以上的胡杨又生长在新疆。所以,每当有人宣传,其景区内有百亩[①]胡杨林、千亩胡杨林的时候,新疆人默然笑了,在新疆敢叫胡杨林风景区的,一般是以万亩起步的……

新疆的胡杨,有太多的之"最",以至于每个胡杨密集的地方,都能随便说出几个世界独有。但每个地方的胡杨,真的各不相同,每一处都展示着

---

① 1 亩 ≈ 666.7 平方米

摄影 范书财

摄影 范书财

① 孔雀河畔的胡杨
② 塔河胡杨林

①
—
②

全然不同的美。轮台胡杨林，壮美且广阔，开着车在里面转一整天，都觉得还有很多地方没有顾及到；沙雅胡杨林，造型奇异，色彩丰富，白沙、胡杨、淡蓝色的小水潭，构成一幅艳丽的油彩画；泽普胡杨林，邻水而生，颀长纤细，多了几份灵秀和柔雅，伴着穿梭而过的河水，展现出一派"川原秋色静，芦苇晚风鸣"的气息来；而木垒胡杨林，则多了几份凄厉和沧桑，看到了大自然鬼斧神工的痕迹；阿拉尔的睡胡杨林，其实就是胡杨的"遍野横尸"，在灰白色的沙漠中，枯死的胡杨、倒下的胡杨、奄奄一息的胡杨，让人触目惊心。

新疆的胡杨林，自古就面积大，史料记载：西汉时期，楼兰国的胡杨覆盖率至少在40%以上，胡杨承载着楼兰国的生机和发展。即便到了清代，也仍有史料记载："胡桐遍野，而成深林。"但是，作为全世界胡杨保有量第一的新疆，如今正面临着胡杨面积的锐减和因锐减带来的各种气候问题。

根据科研人员的调查：20世纪50年代至70年代，塔里木盆地胡杨林面积由52万公顷锐减至35万公顷，减少了近1/3；而在塔里木河下游，胡杨林更是锐减70%。即便是幸存下来的胡杨林，其衰退林也占了相当大的比例。造成这种局面的主要原因是上游区域耕地的过度开发。

人们也很快尝到了破坏自然环境后被环境"报复"的恶果：胡杨林的大面积消亡，导致塔里木河中下游成为新疆沙尘暴的两大策源地之一，也是近些年来南疆沙尘天气不断的罪魁祸首。在沙进人退和人进沙退的博弈中，很难分辨出谁是最终的胜利者。

胡杨根植于沙海之中，屹立在戈壁滩涂，在荒漠绝境中顽强地生存着，不管面对多么恶劣的环境，都向大自然展示着瑰丽的生命画卷，始终保持着一种高昂的生命姿态。或许，这就是人们将其称为"沙漠脊梁"的缘由吧！

参考文献

黄文娟,李志军,杨赵平,等. 2010.胡杨异形叶结构型性状及其相互关系.生态学报, (17): 4636-4642.

王永斌. 2008.荒漠河岸林克隆植物胡杨繁殖与保护.新疆大学硕士学位论文.

张玉波. 2005.极干旱地区绿洲植被退化过程中胡杨繁殖特性研究.北京林业大学硕士学位论文.

周正立,李志军,龚卫江,等. 2005.胡杨、灰叶胡杨开花生物学特性研究.植物科学学报, (2): 163-168.

多枝柽柳
旷野中的一抹绯红

每年4月底,被称为"死亡之海"的塔克拉玛干沙漠就进入了非常干旱炎热的时节。在沙漠腹地,阳光的炙烤让人感觉随时都有可能将"人间蒸发"的幻境变为现实。那种难以用语言来形容的干涸和酷热,会让你深层次感知沙漠生态环境的恶劣。

但是,若你有幸在这个时段行驶在塔克拉玛干沙漠公路上,则会有另一番感触,路两旁的多枝柽柳花意正浓,用一抹抹绯红,将孤单寂寞的旅程变得生动愉悦。你会恍然感觉自己并未进入沙漠腹地,而是在多枝柽柳"织"成的绿色丝带上,边赏花边畅行。塔克拉玛干沙漠公路从东北向西南纵穿了塔克拉玛干沙漠的腹地,而多枝柽柳也一路随行,和其他荒漠植物一起,为这条流动沙漠腹地的公路筑起了一道绿色长城,守护它不被风沙掩埋。

物种特点

灌木或小乔木状,高1~3(~6)米,老杆和老枝的树皮暗灰色。木质化生长枝上的叶披针形,基部短,半抱茎,微下延;绿色营养枝上的叶短卵圆形或三角状心脏形,长2~5毫米。总状花序生在当年生枝顶,集成顶生圆锥花序,长3~5厘米。蒴果三棱圆锥形瓶状,长3~5毫米。

柽柳是新疆非常多见的荒漠植物，也因其红色的枝条和满枝绯红色细碎的小花被人们称为红柳。西晋著名文学家陆机在其《诗疏》中形容柽柳：皮赤如绛，枝叶如松。可见柽柳被称为红柳由来已久。全世界柽柳属植物约90种，我国有18种和1变种，其中中国特有种就有7种，我国是柽柳属植物的次级起源中心和分布中心。相对来说，多枝柽柳（*Tamarix ramosissima*）分布比较广，是新疆荒漠区的优势种之一，本篇就以多枝柽柳为主展开介绍。

与其他荒漠植物有所不同，多枝柽柳的花期特别长，所以很多人都见过花枝招展的多枝柽柳，在荒漠中招摇着它婆娑的姿态。并不是说它的花开着一直不败，而是它一年会开两季花，分别是春花和夏花。

多枝柽柳不同花期的花序在大小、着生位置和开花时间上都有较大差异。春季开花时，花序都是小型的圆锥花序，粉红色的小花长在去年的老枝上。而夏季开花时，花序则长在当年生的枝条上，是大型的圆锥花序；春花的花

摄影　段士民

摄影　段士民

① 多枝柽柳是荒漠区的优势种
② 多枝柽柳的果序

①
②

期短而集中,整个花期不足15天,花序数量多,属于典型的"集中开花模式"。而夏花的花期持续时间相对较长,从6月初可以持续开花到9月初,是典型的"持续开花模式"。但总体上,无论任何季节,单花的花部结构和开花动态都没有太大差异。很显然,多枝柽柳特殊的两次开花结实现象,并非"无事便开花",而是对荒漠环境的一种适应。

多枝柽柳是一种优质的荒漠绿化树种,这一点无须赘述,能被用作沙漠公路防护林的主要树种,已经足以说明多枝柽柳是一种抗盐碱、耐旱涝、抵贫瘠且能防风固沙的优良绿化树种了。科研人员的研究成果显示,多枝柽柳在其进化过程中已形成了一系列适应干旱环境的旱性器官。多枝柽柳的根、茎都比较耐盐碱,能在重盐碱地上生长。它的主根和侧根都非常发达,主根可以深入十几米的地下水层,而侧根则能很好地利用浅层的土壤水。这些优良的特性,使多枝柽柳轻松成为沙漠里的优势树种。

我们常看见荒漠里多枝柽柳丛下会形成一个又一个大的柽柳沙包。因为它开花,所以人们远远地就能看到这荒野中的一抹绯红。这些大沙包的形成,是多枝柽柳固沙的生动体现。风沙流受到柽柳的阻挡开始停积,形成沙堆,随着柽柳的不断生长,沙堆也随之不断增长形成沙包,在柽柳根系的盘绕下稳固下来。这些沙包是柽柳和风沙长期相互作用而形成的一种特有的生物地貌类型。1985年,中国科学院新疆生态与地理研究所的夏训诚研究员在罗布泊南部发现了一个柽柳沙包,其层偶数多达623层,这不仅可以作为沉积物计年的手段,而且还是古环境信息的有效载体。

还有一个非常奇怪的现象:同样是荒漠植物,多枝柽柳的"肥岛"就比白梭梭的"肥岛"发育得更广、更深,养分聚集效应更明显。所谓的"肥岛",就是灌木丛周围的土壤养分向灌丛中心聚集,在灌丛中心形成一个土壤电导率和有机碳、全氮、速效磷、速效钾含量都比周围高的聚集地。这可不是因为多枝柽柳花期更长,开的花更美。科研人员发现主要原因是多枝柽柳的树冠更有利于保护和捕获凋落物,这些凋落物使其树冠下物质的循环能达到更广、更深的范围,进而会聚集更多的养分，促进多枝柽柳的生长。

有趣的是，人人喊打的"老鼠"居然对柽柳沙包的"肥岛"效应有着积极正向的影响。干旱荒漠区的优势种害鼠之一的大沙鼠，会选择固沙植物柽柳、梭梭等灌丛丰饶的环境作为栖息地。但相关研究发现，没有大沙鼠定居的柽柳沙包虽具有"肥岛"效应，但其植株下土壤养分的含量并没有显著提高。而大沙鼠在柽柳沙包下定居后，会出现明显的"肥岛"效应，土壤养分含量显著高于丘间对照地。科研人员认为，是大沙鼠的活动，促进了15~50厘米深层土壤养分的富集，其速效氮含量甚至是相同深度无鼠洞柽柳沙包的2倍以上，这表明大沙鼠的活动促进了柽柳沙包"肥岛"的形成，也意味着虽然大沙鼠啃食根须、树皮，但对柽柳的生长起到了积极作用。

被我国视为治沙先锋植物的多枝柽柳，到了美国的科罗拉多大峡谷一带就非常不受"待见"了，成了让美国非常头疼的入侵植物。"迁徙"到美国的多枝柽柳，其实是多枝柽柳和中国柽柳的杂交种，具有非常强的生存能力，随着峡谷旁的河岸不断"扩张势力"，抢占其他植物的生存资源，一副"抢水抢土抢地盘"的样子。为此，美国农业部门每年要拿出大量资金用于对这种入侵植物的治理。这大概是"甲之蜜糖，乙之砒霜"在植物界最生动的写照吧！

多枝柽柳只是分布在新疆的柽柳属植物中比较占优势的树种之一，其实还有更多的柽柳属植物，在荒漠绿洲过渡带上充分发挥着防风固沙的作用。还有很多柽柳属植物，被当作人工种植肉苁蓉的理想寄主植物来栽培，对当地农牧民的脱贫攻坚发挥着积极作用。这也使得科学家非常注重对柽柳属植物的研究，中科院吐鲁番沙漠植物园里育种了17种柽柳，是世界上比较完善的柽柳属植物的收集和保育中心，也一直与相关国际科研机构进行着柽柳属植物研究的合作交流。

小小的一抹抹绯红，仿佛一片片粉色的云霞，点缀在荒野中，美而不刺目。而它的作用，可不只有"养眼"那么简单，面对风沙的时候，它丝毫不曾示弱徘徊，让人对它多出几分敬意来。它到底还有多少未解之谜，我们期待着科学家能给出更多惊喜。

① 盛放的多枝柽柳仿佛一片粉红色的云霞
② 多枝柽柳的果序

摄影 王喜勇

摄影 段士民

①
—
②

参考文献

王磊. 2008. 新疆两种柽柳的两季开花结实特性及生态适应研究. 新疆农业大学硕士学位论文.
夏训诚. 2007. 中国罗布泊. 北京: 科学出版社: 75-76.
徐文轩, 刘伟, 杨维康, 等. 2012. 大沙鼠在柽柳沙包"肥岛"形成过程中的作用. 生态学杂志, (7): 1756-1762.
张道远. 2004. 中国柽柳属植物的分支分类研究. 植物分类与资源学报, 26(3): 275-282.
张道远, 尹林克, 潘伯荣. 2003. 柽柳属植物抗旱性能研究及其应用潜力评价. 中国沙漠, 23(3): 252-256.
中国科学院中国植物志编辑委员会. 1990. 中国植物志(第五十卷 第二分册). 北京: 科学出版社: 159-160.
朱宏, 赵成义, 李君, 等. 2007. 柽柳和梭梭林地土壤呼吸研究. 水土保持学报, 21(1): 148-151.

白梭梭
在风起沙落中静静守候

古尔班通古特沙漠不像其他沙漠那样经常被狂野的沙尘暴侵扰,但也依然不能摆脱风沙的袭击。每到风季,狂风在沙丘上拍打出各种节奏,搅动着沙海的宁静,沙丘顶部的那些植物在风中悄然抗争,发出无奈的低吟。被风撕破的残云,在沙丘上飘过。风的情绪,云的变化,沙的起落,都微妙地影响着沙漠的律动。

而在地面上,你会看到云的倒影与一种小乔木恣意纠缠,那是一幅掺杂着灰色调的风景画,淡然地在你眼前舒展开来。灰白色的枝干,蒙着一层淡淡沙土的绿色新枝,远方时卷时舒的云朵,灰棕色的漫漫大漠,被沙尘弥漫着的淡蓝色天空,这些元素虽然都带有一点灰色调,但又那么和谐,仿佛一幅浑然天成的莫兰迪色系的油画。

这种小乔木就是白梭梭(*Haloxylon Persicum*

物种特点

小乔木,高1~7米。树皮灰白色,木材坚而脆;老枝灰褐色或淡黄褐色,通常具环状裂隙。叶鳞片状,三角形,先端具芒尖,平伏于枝,腋间具棉毛。花着生于二年生枝条的侧生短枝上;花被片倒卵形,先端钝或略急尖,果时背面先端之下1/4处生扇形或近圆形翅状附属物。

Bge. ex Boiss. et Buhse），它是一种非常重要的固沙植物，喜欢生长在流动沙丘或半固定沙丘上，古尔班通古特沙漠及周边的荒漠区是它生活的乐土。白梭梭和生活在它脚下的苔藓、地衣、短命植物等伴生物种共同组成了一张限制细沙流动的固沙网络。所以，即便紧挨着新疆的几个中心城市，古尔班通古特沙漠也很少以沙尘暴的形式打扰这些城市。

白梭梭主要分布于我国的准噶尔盆地，在哈萨克斯坦、伊朗和阿富汗等地也有分布。作为小乔木的它，身高上别具优势，一般为3米多高，有些白梭梭甚至可以长到7米高。高却不直，让它少了几分灵秀，却多了几分婆娑的姿态。不过我常常会疑惑，在沙漠里长得这么高，又不粗，它是怎样抵抗狂风侵扰的？后来才知道，白梭梭用的是柔性策略，不像白杨那样与狂风硬扛，它的根系很发达，分布得深而广，有的主根可以深达十几米，进而能稳固住整个枝干。而枝干盘盘折折便于风穿过，枝条却可以随风摆动。加上它主要生活在准噶尔盆地，风的威力原本也不那么狂野，所以，就出现了白梭梭这种在沙漠里也会纤纤而立的小乔木。

还有一个让人不解的地方，每到春天，你会在沙漠的白梭梭林里看到一片鲜绿。但是，你基本看不到枝条上白梭梭的叶子。为了减少水分蒸腾，白梭梭的叶子都退化成了鳞片状，贴附在枝条上。到底是什么使得白梭梭林看起来一片鲜绿呢？原来，白梭梭的叶子退化了，光合作用的"使命"就由枝条来完成，所以它的枝条富含叶绿体。也就是说，是白梭梭当年萌发的绿色枝条，带来了那沙漠中春天的绿意。既然枝条承担着叶片的作用，那么到了秋天，也会看到白梭梭落枝，就像其他植物到了秋天会落叶一样。这就是春夏季白梭梭会显得枝条繁茂而到了秋冬季就变得枝条稀落的原因。

到了冬季，白梭梭林里还有一道唯美的景致。雾凇是古尔班通古特沙漠冬季常见的天气现象，而白梭梭等荒漠植物具有较强的捕获水汽、形成雾凇的能力。完全被晶莹的白色裹挟的婆娑树影，在雪野里招展着，映衬在蓝天之下，那一幅明朗的画面会让你领略白梭梭的另

摄影 段士民

① 白梭梭的枝

一种美。雾凇为白梭梭带来的可不仅仅是美。雾凇作为隐匿性降水,对荒漠植被的生长具有非常重要的作用。科研人员发现,雾凇量与白梭梭灌丛下的土壤含水量呈现显著正相关关系,散落的雾凇确实增加了灌丛下的土壤含水量,有利于白梭梭灌丛下生物结皮的发育,特别是能促进苔藓结皮的选择性分布。而这些结皮的分布,又能有效固定沙面、抑制扬沙。

白梭梭和梭梭都是有名的"荒漠活煤",这个称号由来已久。据元朝末年的《辍耕录》记载:回纥野马川有木曰琐琐,烧之其火经年不灭,且不作灰。在民间,也有"半截梭梭十斤炭"的说法。科研人员发现:梭梭和白梭梭是世界上较好的木材燃料,每克燃烧后的发热量达到18000焦,而1吨梭梭木柴相当于0.7吨煤的发热量。所以被称为"荒漠活煤"并非空穴来风,而是有科学测量数据支撑的。

不过"荒漠活煤"的名号并没有给白梭梭带来好运,而是给它带来了灾难。因为其高燃烧值,常常成为沙漠周边牧民伐薪烧炭的重点对象。加上白梭梭的嫩枝富含蛋白质,很多牧民将牛、羊、骆驼赶到白梭梭林中啃食其嫩枝。几十年来,原本丰茂的白梭梭林被破坏得体无完肤。木垒哈萨克自治县

① 白梭梭的果枝
② 白梭梭的果实
③ 白梭梭植株

北部戈壁与沙漠中的梭梭和白梭梭面积20世纪50年代初为11.5万公顷①，到了20世纪80年代初就已减少到5万公顷。古尔班通古特沙漠南缘数百千米的风沙线上，很多地方的白梭梭几乎快被砍光了。风沙不曾摧毁的白梭梭，却毁在了人类生活看似不经意的袅袅炊烟之中。

  白梭梭是一种古老的植物，研究它的演化和发展过程，有助于人类揭示和认识荒漠区的自然演变历史。其实白梭梭大规模地遭受破坏，早就引起了人们的关注。1983年，经新疆维吾尔自治区人民政府批准，甘家湖白梭梭林自然保护区成立了，白梭梭被定为自治区一级保护植物。如今这个保护区已升级为国家级自然保护区，保护区位于准噶尔盆地西部，地跨乌苏、精河、托里3个县市，面积82万亩，核心区9.6万亩，是当前世界第二、中国最大的白梭梭林保护区，也是我国研究荒漠生态系统的重要基地之一。虽然有了保护区的重点关注，但在古尔班通古特沙漠里，白梭梭的状况还是每况愈下，除了人为破坏，还要遭受地下水水位不断下降、鼠害、虫害等困扰，保护区之外野生白梭梭的面积更是不断减少，似乎没有什么能够力挽狂澜，解决它

---

① 1公顷=10000平方米

① ② ③ 摄影 段十民

们面临的生存危机。

　　如今，人工种植的白梭梭林越来越多，作为肉苁蓉的寄主植物之一，白梭梭正和其他防风治沙的荒漠植物一起承担着生态文明建设的重任，并在荒漠区的脱贫攻坚中贡献力量，助农增收。但对野生白梭梭种群的守护，还将是一个艰辛而漫长的过程。

　　狂风，最终会无声无息地消失在沙海中。而千百年来，白梭梭却裹挟着沙土，坚强地站立在沙丘之上，留恋晨与昏的交替，守望沧海桑田的变迁，但它还能在这风起沙落的荒野中守候多久，真的是一个未知数。

参考文献

蔡新斌, 吴俊侠. 2016. 甘家湖自然保护区白梭梭种群特征与动态分析. 干旱区资源与环境, 30(7): 90-94.

尹本丰, 张元明, 陶冶. 2015. 白梭梭 (*Haloxylon persicum*) 灌丛下雾凇的散布格局及其对土壤含水量的影响. 中国沙漠, 35(4): 951-958.

于丹丹, 唐立松, 李彦, 等. 2010. 古尔班通古特沙漠白梭梭群落林下层物种多样性的空间分异. 干旱区研究, (4): 559-566.

张立运. 2002. 新疆荒漠中的梭梭和白梭梭 (下). 植物杂志, (5): 4-5.

沙拐枣
能否望"枣"止馋

沙拐枣，一个听起来很有诱惑力的名字，总让人忍不住联想到脆枣入口的画面。而且，不只是听起来很诱人，它看起来也非常有诱惑力。

在沙漠里还青黄不接的四月底五月初，你会无意间在一片褐黄色沙包的起伏之间或沙砾质戈壁的滩涂上，看到一串串红色、毛茸茸的沙拐枣果实挂在灌木的枝头，随风轻轻晃动，糖果般招摇着，刺激着你的味蕾。几乎每一个见过它但却不认识它的人，都会脱口而出：这个果子能吃吗？

随后就是迫不及待想要靠近它，摘取它。可是走近了再看，你会发现，它似乎离人们对食物的要求还有些差别。那些果实丝丝茸茸的，像稀疏干涸了的杨梅，也没有果实的诱人味道，很显然，它不适合食用。但这丝

物种特点

灌木，高25~150厘米。老枝灰白色或淡黄灰色，开展，拐曲；当年生幼枝草质，灰绿色，有关节，节间长0.6~3厘米。叶线形，长2~4毫米。花白色或淡红色，通常2~3朵，簇生叶腋。果实（包括刺）宽椭圆形，通常长8~12毫米，宽7~11毫米；果肋突起或突起不明显，沟槽稍宽或狭窄，每肋有刺2~3行。

毫不会减弱人们对它的好奇。戈壁荒漠上，怎么会长出这么可人的小果实？这也许是大自然给予沙拐枣这类叶子退化的灌木的一种补偿吧！让种类繁多的沙拐枣长出不同形态和颜色各异的果实。而前文形容的仅是头状沙拐枣的果实，其实大多数沙拐枣的果实和它一样，充满了可爱和呆萌的气息。

由于沙拐枣的果实形态各异，人们甚至按照果实的模样将沙拐枣分成"几大派别"，具体分成翅果组、刺果组、泡果组及基翅组4种类型：果实外面长着棱形的"翅膀"，可谓翅果组，如无叶沙拐枣、淡枝沙拐枣、红果沙拐枣就属于此类；果实外长满了刺毛，可谓刺果组，头状沙拐枣、艾比湖沙拐枣、戈壁沙拐枣、塔里木沙拐枣就属于这一类；还有一类则是果实外面包着一个像泡囊一样薄薄的外膜，可谓泡果组，如泡果沙拐枣；而基翅组，其果实形态特征为瘦果沿肋具窄翅，翅上生刺，如心形沙拐枣、密刺沙拐枣、粗糙沙拐枣。但无论果实长成什么样，与它生活的环境相比，那些果实就显得无比可爱和呆萌。

别看果实长得那么可爱，沙拐枣可是典型的荒漠灌木，多生长在流动、半流动沙丘或沙砾质戈壁、山前沙砾质坡地上，能在条件极端严酷的干旱荒漠区自由且茂盛地生长。沙拐枣能够应对这些严苛的生境，靠的就是它庞大有力的根系。中科院新疆生态与地理研究所的科研人员发现，沙拐枣的主根可以深入地下3米多，其水平根系非常发达，在沙拐枣植株周围，水平根可以延伸二三十米，一株沙拐枣的根系就占领了近百平方米的领地，为的就是保障其植株的水分和养分供应。而且，在有水分的条件下，如艾比湖沙拐枣等的水平根上还能萌发出新枝来。也就是说，除种子繁殖外，有些沙拐枣还有根蘖繁殖的能力，可以在接近土壤浅表层的侧根上萌发出根蘖苗，保证植株的繁衍生息。

中科院新疆生态与地理研究所的潘伯荣研究员告诉我，沙拐枣最大的生存特点就是不怕"沙埋"，所以流沙掩埋这样的灾难对它来说，不是致命的打击。因为它可以顺着流沙掩埋的高度继续向上生长，被沙掩埋的枝条可以在略有水分的沙子中产生不定根而发育成新的植株，

① 沙拐枣的果实充满了可爱和呆萌的气息
② 沙拐枣的果枝

摄影 潘伯荣

摄影 段士民

①
—
②

站在沙包顶上绽开笑容。如果长势好，过上几年还会结出漂亮的果实在枝头招摇，像一面面胜利的红旗。

　　沙拐枣在荒漠植物中属于长势喜人的植物，其他荒漠植物因为水分、养分等条件的限制，生长十分缓慢。而沙拐枣不同，它是速生灌木，生根、发芽、生长都很快，在水分条件好的情况下，一年就能长高两三米。如果人工用于防沙造林，一般在第二年就能发挥良好的防风固沙作用了。所以沙拐枣还被作为一种优良的固沙植物在西北地区广泛应用。

摄影 段士民

摄影 段士民

① 处于果期的沙拐枣植株
② 沙拐枣结出漂亮的果实在枝头招摇

①
②

除根系发达、生长快外，沙拐枣的叶子也颇具特色。沙拐枣属植物基本没有叶子，在长期适应干旱荒漠区生态环境的进化中，沙拐枣属植物的叶子退化成线形或鳞片状，主要依靠同化枝完成光合作用，这样的变化为的是使其在形态和功能上更好地适应干旱的环境。

而关于沙拐枣的这个"拐"字，也是诸多人对这种植物好奇的一个因素，为什么好端端的植物名，要加一个"拐"字？原来，这也与它的叶子发育有关系，因为叶子退化，由绿色嫩枝替代叶子的功能，所以枝条的节间也就很短，生长的时候就拐来拐去的，便使它们有了"拐"枣之名。其实，按照沙拐枣属植物的拉丁名 Calligonum 翻译，它们还有个很好听的名字——美节蓼。

沙拐枣属植物主要分布在亚洲中西部、欧洲南部和非洲北部，共计 35 种 11 变种，其中我国有 24 种，在内蒙古、甘肃、宁夏、青海和新疆等地均有分布，而新疆是该属植物的主要分布地。鉴于它抗旱、耐高温、耐瘠薄、抗风蚀沙埋、繁殖容易、适应性强、生长迅速、对干旱和流沙具有特殊适应性等特点，科研人员很早就开始关注其抗逆机制、基因资源的挖掘了。

在中科院吐鲁番沙漠植物园中，植物学家收集了 19 种沙拐枣，打造了 3 个不同景观的沙拐枣园区。园中上万株沙拐枣，以不同的果实形态、先后的结果期、大量的果实，从 4 月到 6 月，形成特殊、美丽的景观，吸引了大量游人前往观赏。

而观赏，只是沙拐枣园区的一个辅助作用，中科院吐鲁番沙漠植物园专门建立了沙拐枣防风固沙示范样板区 500 亩，使其成为新疆大面积固沙造林的样板，带动了新疆乃至西北地区的防风治沙。

小小沙拐枣，虽不能让你望"枣"止馋，但可以用其并不强悍的身躯为人们守护绿色家园。

参考文献

冯缨, 潘伯荣, 严成. 2008. 新疆沙拐枣属植物多样性特征及分布格局. 干旱区资源与环境, 22(8): 139-144.

孔凡逵, 师玮, 尹林克, 等. 2016. 红皮沙拐枣 (*Calligonum rubicundum* Bge.) 果实多态性. 干旱区研究, 33(1): 159-165.

毛祖美, 潘伯荣. 1986. 我国沙拐枣属的分类与分布. 植物分类学报, 24(2): 98-107.

潘航, 冯缨, 王喜勇, 等. 2017. 荒漠环境下 10 种沙拐枣的生理特征比较研究. 草业学报, (6): 68-75.

管花肉苁蓉
不一样的寄生植物

一般来说,寄生植物都是让人"唾弃"的,"偷取"其他植物的养分,依附其他植物而存在,多少都"有点卑微且令人讨厌"。在舒婷的那首《致橡树》中,一句"我如果爱你,绝不像攀援的凌霄花,借你的高枝炫耀自己"更将寄生攀缘植物的形象踩在了脚底,成为人们心中不齿的代名词。

但荒漠上的植物,总有一套奇怪的生存方式,让你惊叹它的智慧,感慨它的不易,也很容易使你对它着迷,从而忽视了它是否为寄生植物的属性。反而会认为,在如此严苛的条件下能与其他植物共生,还能产生价值,实属难得,不免对其另眼相待。说起肉苁蓉,大概就是这样一种植物吧!

大家都以为沙漠就是寸草不生之地,那是一种极大的误解,沙漠里植物并不密布,但总

物种特点

植株高60~100厘米,地上部分高30~35厘米。茎不分枝,基部直径3~4厘米。叶乳白色,干后变褐色,三角形,长2~3厘米,宽约5毫米,生于茎上部的渐狭为三角状披针形或披针形。穗状花序,长12~18厘米;苞片长圆状披针形或卵状披针形,长2~2.7厘米,宽5~6.5毫米,边缘被柔毛,两面无毛。

摄影 段士民

摄影 段士民

摄影 段士民

① "寄居"在柽柳根部的管花肉苁蓉
② 管花肉苁蓉的植株
③ 管花肉苁蓉的花

| ① | ② |
| ③ | |

有一些生命力顽强的植物将这里视作生存的天堂，如柽柳、梭梭、沙拐枣等，随之存在的生态群落形成了一个完整的生物链，让它们在漫漫黄沙之中优哉游哉地存在着，仿佛是对沙漠荒凉生境的一种嘲讽。而肉苁蓉就寄生在这类荒漠灌木下，以一种别样的方式存在着，完善着荒漠里的生物链。

肉苁蓉，俗称大芸，全球大约有22种，我国有4种和1变种，是一种生长在柽柳或梭梭等沙漠灌木根部的列当科多年生寄生草本植物，从柽柳或梭梭等寄主根部汲取养分及水分，具有极高的药用价值，素有"沙漠人参"的美誉，一直都是中国传统的名贵中药材，也是我国中药复方中用量较大的药材之一，特别是荒漠肉苁蓉、管花肉苁蓉、盐生肉苁蓉被大量应用，同时也出口日本和韩国等亚洲国家。

而本篇主要介绍的，是在新疆南部的塔克拉玛干沙漠周围比较多见的管花肉苁蓉[*Cistanche tubulosa* (Schenk) Wight]。当然，它不仅分布在南疆地区，还广泛分布于非洲北部、阿拉伯半岛、巴基斯坦、印度和俄罗斯。

5月，北疆才刚刚进入盛春时节，南疆塔克拉玛干沙漠周围的绿洲就已进入初夏。沙漠里各种花开得正旺，我们会在水分较充足的柽柳丛周围看到一株一株乳白色与黄色相间且略发粉紫色的穗状花序葱茏而起，乳白色的花冠筒部，密被黄白色长柔毛的雄蕊，再夹杂着淡粉紫色的裂片，就构成了非常和谐的色彩配比，你会感慨大自然的调色功能如此精准，总是将最搭配的颜色美妙地结合在一起。

管花肉苁蓉的整个花期大概持续20天，先是中下部的小花盛开，接着下部的小花开放，最后才是顶部的小花盛放。别看花小，结构可是很完备，有苞片、花萼及5片花瓣（4枚雄蕊和1枚雌蕊）。盛花期的3天时间，是它授粉的最佳时间，借助虫媒和风媒，完成它的生命重要时刻，进而完成生命周期。所以你看到的美丽花序，是它生命最后时刻的惊鸿一瞥。

很多人可能会感慨，这么美丽的植物为什么是寄生植物呢？在这里普及一个知识点，所谓的寄生植物，是指其体内不含叶绿体，不能自己制造养料，所以要依靠吸收寄

摄影 段士民

① 管花肉苁蓉的花

主体内的水分和营养物质维持自身生活的一类植物。如果离开了寄主，管花肉苁蓉基本没有存活的可能。科学家发现，肉苁蓉这种寄生植物似乎并不"贪婪"，它们大多寄生在寄主的侧根根尖部位，并且一个侧根只有一个肉苁蓉植株的寄生点，不会"多吃多占"好几个根须。而且，它不"挑剔"，可以在多枝柽柳、多花柽柳、刚毛柽柳、沙生柽柳等多种柽柳属植物的根下寄生。

到了6月底7月初，管花肉苁蓉的种子就成熟了，种子的数量非常多，每株可以结200~450粒种子。别看它种子多，其实从一粒种子生长发育成一株管花肉苁蓉需要具备非常严苛精准的条件：首先，需要风沙将种子埋于沙土适当的深处；其次，需要土壤有一定的水分，而在沙漠中一般在沙土15厘米以下才会有少量水分；最后，也是最重要最精准的一步，寄主植物的新生毛细根尖正巧延伸到管花肉苁蓉种脐部位，才能释放化学激活素，刺激胚细胞分化，进而才能发生寄生关系。如果是人工培育还好，若是在自然状态下，可想而知要长出一株管花肉苁蓉是多么不易！

也许正是因为有这么多制约因素，为了能繁衍生息，管花肉苁蓉的种子可埋入沙土中数十年而不会失去生命力，其寿命很长，也就是说，没有找到寄主之前，它可以"潜伏"好多年不萌发，直到等来寄主给予其生机。这也是植物的智慧之一，在千百年的自然选择中，它们都为自己进化出了各种能力，以确保能够生生不息。

管花肉苁蓉之所以那么受关注，主要是因为它是著名的补益中药，20世纪80年代起，国内外很多机构就对其化学成分展开了大量的研究。各类科研机构从管花肉苁蓉中提取了苯乙醇苷类、环烯醚萜类、木脂素类等多种类型的物质，将其药用价值提到了新高度。特别是管花肉苁蓉中苯乙醇苷类的含量非常高，这也一度使其资源量跟不上需求量，进而导致野生管花肉苁蓉遭到疯狂采挖。

近年来，随着肉苁蓉人工培育技术的逐步发展，新疆和田地区的多个县市都通过人工种植柽柳属植物培育管花肉苁蓉来带领农牧民发家致富，资源量跟不上需求量的问题得到了解决，但人们对野生管花肉苁蓉的采挖并没有停止。不知是一种什么样的心理，人工种植的管花肉苁蓉已经非常普遍了，但还是有很多人想方设法地要去寻找野生管花肉苁蓉，在沙漠里肆意滥挖，使得野生种质资源面临困境。

或许，作为我国中药复方中用量较大的药材之一，管花肉苁蓉也是盛名之下，难免艰辛，但总体来说，作为一种寄生植物，它的生命已经足够精彩了。

参考文献

骆翔，朱艳霞，赵东平，等 . 2010. 柽柳根对管花肉苁蓉寄生的反应 . 植物生理学报，46(12): 1211-1214.

王长林，郭玉海，屠鹏飞，等 . 2009. 不同柽柳上寄生的管花肉苁蓉 RAPD 分析 . 中国中药杂志，(3): 264-268.

王华磊，杨太新，杨重军，等 . 2005. 管花肉苁蓉种子萌发和寄生过程的形态学研究 . 中国中药杂志，30(23): 1812-1814.

谢静霞，潘伯荣 . 2004. 管花肉苁蓉研究现状 . 中国生态农业学报，12(3): 196-197.

杨坤，焦智浩，张根发 . 2006. 肉苁蓉组织培养研究进展及应用前景 . 中草药，37(1): 140-143.

中国科学院中国植物志编辑委员会 . 1990. 中国植物志（第六十九卷）. 北京：科学出版社：85.

骆驼刺
生命禁区的挑战者

说到荒漠植物，大多数人第一个想到的一定是骆驼刺。和生境周围的一片死寂相比较，它在沙漠荒地上太招摇，也太容易让人将其和一望无际的漫漫黄沙联系起来。

但是，不要以为这种植物在新疆极为常见，就一定有很多人认识。我曾亲眼看到不少人指着路边的风滚草说："看，骆驼刺！"其实，它与大家想象的不太一样，既不是完全无法靠近、充满敌意的刺猬姿态，也不是可以随便采摘的可口牧草。在充满沙尘味道的旷野里，它有自己的"范儿"。

在沙漠戈壁中行走，远远便能看到一簇簇绿色的骆驼刺装点其中，调节你疲惫的眼神。每当春季到来，戈壁荒漠之上，微微泛绿的骆驼刺完整地演绎着"草色遥看近却无"的意境。随着春天的旋律越来越激昂，骆驼刺长出一片

物种特点

半灌木，高25~40厘米。茎直立，具细条纹，无毛或幼茎具短柔毛，从基部开始分枝，枝条平行上升。叶互生，卵形、倒卵形或倒圆卵形，长8~15毫米，宽5~10毫米，先端圆形，具短硬尖，基部楔形，全缘，无毛，具短柄。总状花序，腋生，花序轴变成坚硬的锐刺，刺长为叶的2~3倍，无毛。

① 骆驼刺的花枝
② 骆驼刺粉红色的花朵

摄影 段士民

①
—
②

摄影 段士民

片长圆形的叶子来，犹如撑开的一把把小小的绿伞，在荒漠深处展示着生命的律动。

如果运气好，在六月至八月间进入荒漠区域，你还有机会看到骆驼刺上绽放出的粉红色的蝶形花朵。虽然是骆驼刺的花，但却说不上惊艳，属于好看不惹眼的那种类型。当然，因为经历了长久满目黄沙的视觉疲劳之后，再看骆驼刺的花，感觉应该会完全不同。那粉红色的花萼，轻易便能挑动你的美学神经，让你惊呼："哇，好美！"

而到了秋天，红褐色的骆驼刺荚果挂在茎秆上，不轻易脱落，远看犹如一朵朵红褐色的小花，悬挂在枝条上，别有一番韵味。其实，那挂在枝条上的果实，并非舍不得离开母体，而是在等待机会。直到第二年春天，在沙漠狂风及动物皮毛的协助下，枝头成熟的荚果离开母体，坠落到地面，在春天温润的土壤中，萌发出新芽，宣告一个新生命的诞生。

骆驼刺是多年生草本植物，隶属于豆科。其植物茎、呈刺状的枝、坚硬的小绿叶，是戈壁荒漠之中骆驼唯一的粮食，这也是它得名骆驼刺的原因。

在旅行者眼中，它是荒漠的装饰；在骆驼眼里，它是美味的食物；到了科学家眼里，它的作用一下就提升了几个等级。它不但是荒漠中的淡水指示植物，而且其植株分离化合物在抗氧化、抗过敏、抗肿瘤等方面都有良好表现，是防风固沙的重要自然植被……

为什么科学家眼里的骆驼刺，这么与众不同？那要先从其植株形态说起。一般情况下，骆驼刺的高度在50厘米左右。偶尔有长势惊人的，高度能达到1米，但极为罕见。可是，高度在50厘米左右的骆驼刺，其根系居然长达20米左右。它通过深根系和地下水"亲密接触"，从沙漠戈壁的地层深处汲取水分和营养。所以，科研人员可以通过其密布的种群性质，了解当地水源及土地的利用情况。

骆驼刺的药用价值，也是显而易见的。骆驼刺有蜜腺，能分泌糖类物质，这类物质被称为刺糖。干燥后的刺糖，是新疆当地少数民族的一种民间药，主要用于治疗腹痛腹胀、痢疾腹泻等疾病。其实，这种刺糖早在唐朝时就有了，不过是

① 骆驼刺植株
② 骆驼刺的刺
③ 骆驼刺的果枝

作为贡品,称刺蜜。其色如琥珀,非常诱人,当时其沿丝绸之路古道,远销华夏大地。唐朝边塞诗人岑参的诗中曾写道:"桂林蒲萄新吐蔓,武城刺蜜未可餐。"

更让人欣喜的是,最新的研究成果显示,从骆驼刺中分离鉴定出了50种化合物。《中国现代中药》上特别指出:新疆科学家经过4年的研究,从骆驼刺中分离出来的一些化合物,在抗氧化、抗过敏、抗肿瘤等方面具有良好表现,其全新化合物的抗癌活性为首次发现。

骆驼刺的生态效应,似乎是毋庸置疑的。在荒漠中随心所欲地疯长,本身就展示出骆驼刺是一种耐干旱、耐盐碱、抗逆性强的植物。正是这种极强的适应性,使得其在防止土地遭受风沙侵袭方面,具有非常重要的作用。在新疆,骆驼刺分布面积占新疆草地总面积的3.03%。骆驼刺一方面是防风固沙的重要自然植被,另一方面又是当地食草家畜重要的牧草。

① ② ③ 摄影 段士民

在荒漠深处，在生存环境极端恶劣的情况下，骆驼刺肆意地生长着，敢于直面烈日干旱，能够抵御酷暑严寒，不畏沙尘狂风，呈现一副"野火烧不尽，春风吹又生"的自信和坦荡模样。那些翠绿枝条，那些细碎粉花，那些挂枝荚果，无不向最严苛的环境昭示着生命的张力。或许，骆驼刺就是刻意扎根在广袤的荒漠之上，挑战着生命的极限。

参考文献

陈良, 陈刚, 徐晓琴. 2014. 不同部位的骆驼刺中总还原糖与丁的含量测定. 中国实验方剂学杂志, (11): 74-77.

唐钢梁, 李向义, 林丽莎, 等. 2013. 骆驼刺在不同遮阴下的水分状况变化及其生理响应. 植物生态学报, 37(4): 354-364.

曾凡江, 张希明, 李小明. 2002. 骆驼刺植被及其资源保护与开发的意义. 干旱区地理(汉文版), (3): 286-288.

张贵杰, 李宁, 倪慧, 等. 2008. 骆驼刺属植物的化学成分与生物活性. 现代药物与临床, 23(4): 157-160.

新疆沙冬青
荒野中的常绿活化石

在雾霾不断侵袭的当下，人们极度渴望蓝天。但是，说到蓝天，如果你没有看过乌恰县的天空，那大概是一种遗憾。那种湛蓝深邃，会让你怀疑自己的眼睛是不是自带了滤镜，投射出这么不真实的蓝色晴空来。

而与之对应的那片大地，却完全是另一番状况。乌恰县坐落于中国最西部，雄踞在高原之上，地处南天山西段，天山与昆仑山的结合处，听起来很有气势的占位，但其实土地贫瘠到令人难以想象。自然环境极为恶劣，常年干旱，年均降水量约 100 毫米，年均蒸发量却高达 2000 毫米，属于典型的干旱区。

而这样一个生存环境恶劣、土层瘠薄的地方，却生长着新疆唯一的常绿阔叶灌木——新疆沙冬青。这个被誉为活化石的国家一级保护植物，不仅耐受瘠薄的土地，还耐受一定的盐

物种特点

常绿灌木；树冠近圆形，分枝多；树皮黄色，幼时密被灰色绒毛，茎叶稠密。单叶，偶具 3 小叶；托叶甚细小，锥形；叶柄粗壮，长 4~7 毫米；小叶全缘，阔椭圆形至卵形，长 1.5~4 厘米，宽 1~2.4 厘米，先端钝，或具短尖头，基部阔楔形或圆钝，两面密被银白色短柔毛。总状花序短，顶生枝端，花 4~15 朵集生。

碱。在土壤含盐量超过1%且土壤有机物含量低于1%的条件下,依然可以正常开花、结果,繁衍生息,它的生长丝毫不受影响。

新疆沙冬青除对环境的耐受力让人惊叹外,它的美也足够让人震撼。树冠是圆形的,枝条茂盛却不易见主干。有着黄色的蝶形花朵,而且一开一片,在绿色阔叶的衬托下,格外娇美。在一片荒芜的石砾戈壁上,新疆沙冬青特别吸引眼球。尤其当你乘车在一望无际的荒漠中前行时,视野里除了黄土戈壁就是远处没有草木点缀的荒山,看到这样一簇簇黄花绿叶爆发出的生命张力,心中的喜悦往往难以言表。

石河子大学的科研人员在研究中发现,新疆沙冬青主要生活在海拔2000~2500米的干旱荒山和石质戈壁上。在干旱、寒冷、多风的外界环境中,新疆沙冬青逐渐形成了对环境的适应性。在干旱、高温、高强光的生存环境里,它用特殊的光合"午休"机制来抵御恶劣环境的胁迫。所谓光合"午休"现象,就是指白天原本张开的叶片气孔,因为外界光照太强,水分散发太快,在白天时间突然闭合起来,从而降低光合作用的速率,植株进入"午休"状态以保持正常的生存运行。

新疆沙冬青是新疆唯一的常绿阔叶灌木,与很多生活在荒漠中的植物一样,为了保障自身的存活,新疆沙冬青有着非常庞大的根系。它的成年植株高度大多在50~60厘米,但它的主根可以长达2米多,根的长度是植株高度的3倍多。而且,新疆沙冬青有着密集的侧根,确保其可以吸收土层深处的水分。正是沙冬青这些适应严酷环境的特点,让人们期望通过人工种植使其成为绿化荒漠山川的优良树种。新疆沙冬青种子的萌发率较高,但幼苗对土壤湿度控制的要求也很高,因此成活率较低,该习性使新疆沙冬青常被人们称为"不能挪窝的植物",也正是该习性限制了其大面积推广种植。不过,新疆沙冬青的作用可远不止绿化山川这么简单。

新疆沙冬青是第三纪古亚热带常绿阔叶林的孑遗种,是当今世界稀有的种质资源,被认为是研究古生物学和古地质学的重要标本,被誉为活化石。关于它的保护、开发和研究,无疑对于保护植物物种,以及研究地理学、古生物学和古地

摄影 段士民

① 沙冬青的叶
② 沙冬青植株

摄影 段士民

①
—
②

质学等有着重要的科学价值。同时,新疆沙冬青还是中国特种植物化学成分抗冻蛋白研究的珍贵材料。这样看来,保护新疆沙冬青肯定是理所当然的事了,但它的真实生存状况却不容乐观。

　　新疆沙冬青主要靠种子繁殖,但是很遗憾,虽然它花期较长,开花量很大,总是一簇簇地绽放在荒野之中,但它的授粉率非常低,仅能达到30%~60%。这或许与它生存的条件有关,在环境那么恶劣的地方,昆虫自然也不会太多,授粉率低也就不奇怪了。况且,种子在成熟前,往往会被一种叫豆象的昆虫啃食。即便是成熟后的种子,虫蛀率也高达90%。这些惊人的

① 沙冬青的果枝
② 沙冬青的花枝

低存活指数,极大地限制了新疆沙冬青的自然更新和群落数量的增加。可想而知,新疆沙冬青正在进入濒危植物的行列。

但是,比自然更新受限和群落数量衰减更为可怕的是,人类的采伐。在乌恰县康苏镇西南部的肖尔布拉克戈壁上,当年一望无际的野生新疆沙冬青已成为稀罕物,这里曾是新疆沙冬青分布最为广泛的区域。很多当地牧民的先祖就知道用这种植物治疗腹痛、咳嗽等,所以采伐是常有的事。随着气候环境的不断恶化,牧区往往缺乏燃料,作为阔叶灌木的新疆沙冬青,很自然成为牧民眼中不可多得的柴火,被大量砍伐。

作为古老的第三纪古亚热带常绿阔叶林的孑遗种,新疆沙冬青经受住了

① | ②　摄影　段士民

大自然给予的干旱、高温、强光的考验之后,却没有抵抗住自然群落的衰减和人类的过度樵采,正面临着逐渐灭绝的危险。

参考文献

刘博,李征珍,杨琼,等. 2015.新疆沙冬青植物群落特征研究.中央民族大学学报(自然科学版), 24(3): 16-20.

马淼,陈蓓蕾,骆世洪. 2013.濒危植物新疆沙冬青叶解剖结构及其光合特性.石河子大学学报(自然科学版), (4): 55-57.

马淼,李学禹. 2007.新疆极端环境植物种质资源的研究.乌鲁木齐:新疆科学技术出版社.

马淼,杨坤,赵红艳. 2013.新疆沙冬青种子特性分析及萌发条件的优化选择.种子, 26(3): 7-9.

王彦芹,焦培培,李彬,等. 2010.珍稀濒危植物新疆沙冬青的组织培养和植株再生.植物生理学报, 46(4): 375-376.

阿魏
繁花或成断根草

奶奶是个医生，主要从事中医综合诊疗，所以对很多药材的名字，从小我就被灌了耳音，刀豆、三七、麻黄、半夏、丹参……这些名字几乎天天在耳边环绕，我自然也就对中药多出几分亲切感。或许，正是因为对药材的耳熟，新疆阿魏于我的第一认知就是一种良药。的确，对很多人来说，它的第一作用就是药用。然而，这种属性，却给新疆阿魏带来了"灭顶之灾"。

新疆阿魏（*Ferula sinkiangensis*），是一种国内仅在新疆分布的重要药用植物资源。因其具有十分强烈而持久的蒜样异臭味，又被称为"臭阿魏"，最早在《新修本草》中有记载，被列为中品。明朝李时珍的《本草纲目》和清朝吴其濬的《植物名实图考》都对其有记载。

有关阿魏的产地，在《本草纲目》里有记载：阿魏有草木两种，"草者出西域"。但究竟分

物种特点

多年生一次结果的草本，高 0.5~1.5 米，全株有强烈的葱蒜样臭味。根纺锤形或圆锥形，粗壮，根茎上残存有枯萎叶鞘纤维。叶片轮廓为三角状卵形，三出式三回羽状全裂，末回裂片广椭圆形，浅裂或上部具齿，基部下延，长 10 毫米；复伞形花序生于茎枝顶端，直径 8~12 厘米，无总苞片。

摄影 杨宗宗

摄影 杨宗宗

① 新疆阿魏的主茎
② 新疆阿魏植株

①
―
②

布在哪儿？资源量如何？都没有具体考证。新中国成立前，我国的药用阿魏多从伊朗、阿富汗等国进口，供应国内中药市场。与新疆阿魏不同，伊朗、阿富汗等国出产的阿魏多为紫色、红色、黄棕色交错的团块，又被称为"五彩魏"。

新中国成立后，研究者在新疆发现了多个成片的阿魏分布，其中分布量最大的是在新疆伊宁县阿魏滩发现的阿魏，经原中科院新疆生物土壤沙漠研究所专家沈观冕研究员确定是一个新种，定名为伞形科阿魏属植物新疆阿魏。这在一定程度上印证了李时珍所说的"草者出西域"中的"草"，指的是新疆产的阿魏。1958年，新疆伊犁开始收购阿魏药材，当年就收购了5000千克，这让阿魏药材纯靠进口成为历史。

新疆有一位年轻的植物标本收藏者杨宗宗，工作之余，热衷于到处采集各类植物标本。我再次听到关于阿魏的故事，多半来自他。某个周末，他发朋友圈，说发现了新疆阿魏的新分布地，非常兴奋。过去遍野都是的新疆阿魏，如今发现一个新分布地怎么会那么开心？通过他的描述，我才知道被作为药材的阿魏，现在野生种已处于濒危状态。

人类到底有多能吃，才会活生生把一个遍野都是的"野草"吃得快绝迹了！

在20世纪70年代，沈观冕研究员带着团队进入伊宁县，看到成片的新疆阿魏生长得十分茂盛，这种草本植物几乎"长疯"了，骑着马进入这片区域，居然会迷路。从他的描述中可以想象，当时新疆阿魏的生长是多么繁茂。而且，我记得奶奶说过，民国时期，她们在北疆的郊外，经常可以采挖到阿魏，很多人喜欢阿魏的蒜臭味儿，当蔬菜吃。能当菜吃，一定是数量不少。真是此一时，彼一时！

将阿魏当作一种药材，尚可以接受，但真的不太理解把阿魏当蔬菜吃。那个味道真是出奇地臭，典型的蒜样异臭味，感觉有点像麻烟浓到极致的味道，若不小心闻到，都要赶紧屏住呼吸，像躲避猫粪狗屎般逃离。作为药材，什么味道都正常；但作为食材，要讲究起码的香味吧？连李时珍都说：草者出西域，夷人自称曰阿，此物极臭，阿之所畏也。就这样一个臭味冲天、遍野都是的草本植物，居然被吃没了！在赫赫有名的阜康市郊阿魏滩，只见荒滩不见阿魏，在阿魏滩方圆几十千米范围内，很难找到阿魏的踪迹！当然，阜康阿魏滩生长的是另一种阿魏——阜康阿魏，不过阜康阿魏遭到破坏的情况就更严重了。

我的同事李文军是阿魏属植物研究的继任者，我好奇地向他打听阿魏的事，这么繁茂的植物怎么突然就成了濒危物种？他告诉我，新疆阿魏和阜康阿魏是多年生草本植物，但它一生只开一次花，基本是在长到第七年或第八年的时候，开完花，结完果，就彻底结束自己的生命了。曾经新疆阿魏的繁茂，是因为它有机会开花，一旦开花，就会结出大量的种子，保证有足够的种子量去繁衍生息。可是如今那些

① 阜康阿魏

摄影 杨宗宗

挖阿魏的人不知道阿魏的生长特性，看见就挖，完全等不到它开花，这也就意味着它没有机会留下种子。而它的根亦有药效，所以，常常被连根挖去。既无法开花结果，也无法保住根块，种群自然就渐渐枯萎了。

李文军介绍，一般情况下，阿魏生长在海拔700~1100米的戈壁荒滩上，适宜于在带砾石的黏质土壤中存活。每年大概在4月积雪融化之后，就开始发芽，到了6月初就停止生长了。到了要开花的年份，4月底开始发芽，5月开花，6月便结出大量的果实，果实一成熟，整个阿魏植株就枯萎死亡了。而所谓的药用阿魏，是在其开花年份的盛花期和初果期，在主茎上割出口子，让茎秆的乳汁渗出并收集，晾干形成块状凝固的乳汁树脂，俗称"阿魏精"，这才是真正的药材。当然，为了方便，现在盗挖者一般采用直接挖根的方式采集阿魏，采挖的根经切片晒干旋即投放市场。

根据《本草纲目》记载的效用，阿魏的功能是消积、杀虫，主治虫积、肉积、疟疾、痢疾等病。在新疆民间除传统用法外，多单味内服治关节疼痛，认为有祛风湿的药效。

无论是在阜康，还是在伊宁，阿魏的萎缩是当地人始料不及的。伊宁县老一辈的牧民说，20世纪50年代阿魏滩上的新疆阿魏可以用遮天蔽日来形容，从尼勒克县的克令乡到前进牧场及伊宁县的喀什河边，方圆近百平方千米的地方，全部被新疆阿魏覆盖，看不到地皮，也没有其他杂草生长。资源量之丰富，令人叹为观止，但如今，除保护地外，已经很少能看见成片的新疆阿魏生长了。阜康市郊的阿魏滩情况更糟糕了，方圆几千平方米看不到一株野生阜康阿魏。

除了大量的采挖，气候的变化和人们的过度放牧，都是造成阿魏生存地被破坏的原因。当然，在今天来说，掠夺性采挖采收一定是"罪魁祸首"。

李文军及其他研究者也曾专门到分布地去和当地的居民聊天，介绍阿魏的重要价值和采收方式。结果是牧民们当时虚心地接受了他们的建议，专家们前脚走，第二天牧民就背起包裹愉快地去挖阿魏了。关于物种的保护建议，远没有黑市的价格具有吸引力。对于这个物种是否会长期存在下去，人们没有兴趣，但对于珍稀物种可以带来的经济价值，人们却清晰地知道它的好处。

所以，阿魏之殇似乎在所难免，而我们是在绝望中等待最后时刻的到来，还是行动起来让它免遭劫难，这是一个值得深思的问题，不是吗？

参考文献

沈观冕, 热米力, 杨戈, 等. 1975. 新疆药用阿魏的两个新种及其应用. 植物分类学报, 13(3): 88-92.

王文捷, 尚玉红, 敬松. 2005. 新疆阿魏资源的保护及其开发. 首都中药, 6: 45-46.

齿肋赤藓
在荒漠中铸造生命奇迹

在我们的生活中，有时遇到一些特别的事，人们常会用"创造生命奇迹"来感慨，这或许是对"生命"充满崇拜和敬畏的表现。然而，在现实世界中，真实的生命奇迹每天都在上演，只是我们无从知晓而已。有太多尚未探索到的生命领域等待着揭晓谜底，让人类去发现奇迹。

习惯了抬头远望的人们，很难注意到脚下那些细小的生命，但或许，这些细小的生命却无限地承受着严酷生存条件的挑战。例如，本文关注的苔藓植物——齿肋赤藓（*Syntrichia carninervis*），即便是在荒漠极度干燥的情况下"干死"十余年，只要给它一点儿水分，5秒之内它就能迅速复活，泛出生命的绿色。"死而复生"仅需5秒，如此充沛的生命张力，足够震撼人们的神经。

因为拥有强大的抗旱基因，和很多人印象

物种特点

植物体干燥时呈黑色，湿润时呈绿色或黄绿色，密集丛生呈垫状，形成藓类生物结皮。植株粗壮，高0.5~1.2厘米，茎直立，单一或叉状分枝。叶边背卷，先端圆钝，全缘，具黄色或棕色狭长细胞构成的分化边缘，边缘细胞壁明显加厚；中肋突出咕尖形成透明芒状长毛尖，毛尖和背面均具分叉的刺状齿；叶片中上部细胞多呈圆角多边形，绿色，壁薄，背腹面密被马蹄形疣；基部细胞多呈长方形，表面平滑无疣，色浅透明。

中苔藓植物喜欢潮湿阴暗的环境有很大差异，齿肋赤藓喜欢"住"在干旱的沙漠里。作为一种荒漠苔藓植物，齿肋赤藓的"乐园"非常广布，不仅生长在新疆北部的古尔班通古特沙漠及美国大盆地，还广泛散落在北半球的诸多沙漠中。在古尔班通古特沙漠里，荒漠藻类植物、地衣、苔藓与土壤形成了一层黑黢黢、干燥的团聚状结构——生物土壤结皮。生物土壤结皮犹如"荒漠地毯"，在沙漠表面形成一个保护层，能显著降低沙漠里的起沙风速，减少沙漠扬尘，有效维持沙漠地表的稳定性。而齿肋赤藓，则是这种生物土壤结皮的重要组成成分。

中科院新疆生态与地理研究所张元明研究员团队的科研人员通过十几年的研究发现，齿肋赤藓能够迅速"死而复生"，得益于其具有独特有效的脱水复苏机制。在营养组织失去90%以上的植株水分后，它会以一种类似休眠的方式度过漫长的干旱期。但在失水期间，齿肋赤藓并没有完全停止生理活动，它的叶绿体双层膜结构依然保持完整，可以通过保留最小的光合器官生理活性度过干旱时期。而在水分适宜的条件下，它又能在很短的时间内实现高效的光能吸收、传递和转化，瞬间恢复绿意，快速复活。齿肋赤藓在荒漠中是成片聚集生长的，这种瞬间复活，不仅能完成自身的生命过程，还能显著影响土壤和大气界面的碳交换强度。

现实中，人们很难用肉眼将齿肋赤藓的形态看清楚，往往要通过显微镜来仔细观察。齿肋赤藓长着带芒的叶片，叶片顶端，有一截仅0.5~2.0毫米长的白色微小结构——"芒尖"。可不要小看了这个不起眼的芒尖，它是齿肋赤藓能够在干旱荒漠区成为生物土壤结皮优势物种的秘密"武器"。在最初的观察中，科学家发现，白色的芒尖聚集在一起，主要作用是反射沙漠中的强光，避免植物体因高强度的紫外线和吸收过多热量而受到伤害。

但随着研究的深入，中科院新疆生态与地理研究所、美国杨百翰大学、美国犹他州立大学的科学家有了新的发现，他们通过环境扫描电子显微镜和微距摄像机观察到，齿肋赤藓的芒尖上分布有从纳米、微米到厘米等不同尺度的水分收集与传输系统——凹槽和疣状突起，这些凹槽和疣状突起能够将空气中的水分了分别形成水核、水膜和水滴,然后将这些各种形态的水通过毛细管作用,以 10~20 毫米每秒的速度,运输到芒尖底部的叶面,被叶片吸收。这意味着,芒尖不仅是个"降温器",还可以"捕获"空气中的水分。也就是说,芒尖能帮助植株直接从干燥的空气中收集水分。一般情况下,除了光合作用,植物叶片还具有蒸腾作用,即会散失水分,而齿肋赤藓叶片顶端的芒尖却"不走寻常路",成了空气水分的"捕捉器"。

科研人员表示,正是芒尖从空气中高效收集、利用水分,并迅速将水分运输给叶片,才使得齿肋赤藓对干旱环境有非常强的适应能力,在沙漠藓类结皮中成为优势物种。除此以外,齿肋赤藓密集的叶片芒尖还能够有效地吸收雨滴打击结皮表面的能量,最大限度地减少雨滴向结皮斑块外的区域飞溅

摄影 陶冶

摄影 陶冶

① 显微镜下的齿肋赤藓
② 齿肋赤藓叶片顶端的芒尖是空气水分有效的『捕捉器』

①
—
②

① 显微镜下的齿肋赤藓
② 齿肋赤藓可以在沙漠中成片生长

所造成的水分损失，从而有利于水分的保持和吸收。

事实上，具有收集空气水分能力的植物，并非只有齿肋赤藓。此前被发现的还有黄毛掌和球叶山芫荽等。但是，基于纳米、微米等多尺度微结构的生物动力学机制，是在齿肋赤藓中首次发现并被证实的。受这些植物适应干旱环境特殊机制的启发，科学家提出可以尝试制造人工芒尖，希望通过仿生学研究设计出更优化的水分收集系统，用于在干旱地区收集空气中的水分以供人类使用。

沙漠极端环境造就了齿肋赤藓超强的耐干旱、耐高温、耐寒冷和耐强紫外照射等综合抗逆性，这些独特、优质的抗逆基因也引起了科学家的关注。中科院新疆生态与地理研究所张道远研究员团队的科研人员从齿肋赤藓中挖掘出抗旱基因，为棉花抗旱新种质培育提供了独特的基因资源储备，该团队还致力于抗逆基因的进一步研究，他们期望能将齿肋赤藓的抗逆基因资源用于园林花卉和草坪草等领域。

① | ②　摄影　陶冶

　　如此不起眼的藓类植物，不仅在干旱的荒漠中一次次上演着生命奇迹的大戏，还延伸出很多附加的科学价值，不禁让人想起那首诗："白日不到处，青春恰自来。苔花如米小，也学牡丹开。"只不过，齿肋赤藓所开之"花"，弥漫着浓浓的科学气息。

参考文献

李永刚，张元明. 2018. 荒漠齿肋赤藓(Syntrichia caninervis)非结构性碳水化合物含量对植株脱水的响应. 生态学报，38(23): 8408-8416.

陶冶，张元明. 2012. 叶片毛尖对齿肋赤藓结皮凝结水形成及蒸发的影响. 生态学报，(1): 7-16.

尹本丰，张元明. 2014. 荒漠区不同微生境下齿肋赤藓对一次降雪的生理生化响应. 植物生态学报，38(9): 978-989.

张静，张元明. 2014. 模拟降雨对齿肋赤藓(Syntrichia caninervis)生理特性的影响. 中国沙漠，34(2): 433-440.

郑云普，赵建成，张丙昌，等. 2009. 荒漠藓类结皮层中齿肋赤藓形态结构适应性及其原丝体发育特征. 中国沙漠，29(5): 878-884.

裸果木
生长在砾漠上的孑遗物种

一说起荒漠,很多人的第一反应就是沙漠,其实按照地理学概念,沙漠只是荒漠的一种形态。根据地面物质组成,荒漠分为岩漠、砾漠、沙漠、泥漠、土漠等。所谓砾漠,就是铺满了砾石的戈壁滩,想象一下就可以知道,是一个非常不适于植物存活的生境,但有些植物偏偏就"爱"上了那没有丝毫柔性生命气息的砾漠,如我国珍稀濒危保护植物裸果木。

第一次见到裸果木,是多年前在帕米尔高原上的乌恰县。乌恰县 99.8% 的土地是山地、戈壁和荒滩,风沙大,环境恶劣。"一年一场风,从春刮到冬,风吹石头跑,四季穿棉袄,天上无飞鸟,地上不长草,氧气吃不饱"是对恶劣的自然环境的真实描述。在这样一个地方采访,从一个乡到另一个乡的路途,足以让人因缺氧而昏昏欲睡。

物种特点

亚灌木状,高 50~100 厘米。茎曲折,多分枝;树皮灰褐色,剥裂;嫩枝赭红色,节膨大。叶几无柄,叶片稍肉质,线形,略成圆柱状,长 5~10 毫米,宽 1~1.5 毫米,顶端急尖,具短尖头,基部稍收缩;托叶膜质,透明,鳞片状。聚伞花序腋生;苞片白色,膜质,透明,宽椭圆形,长 6~8 毫米,宽 3~4 毫米。

带我去采访的司机师傅特别幽默，突然一脚刹车搅扰了我的困意，他指着路边的戈壁荒滩说："快看，我们乌恰县的森林。""森林？明明没有半棵树！"我说。"往地下看，那么多小树苗你没看到？"司机师傅再次强调。我在荒凉戈壁滩上那足以刺瞎眼睛的阳光下再次仔细地看了看，是有植物，但别开玩笑了，那满地长得跟骆驼刺差不多高的植物是树吗？"这叫裸果木，还是一种国家级的保护植物呢！"司机师傅说。我下车拔了一个枝条来观察，曲曲折折、灰褐色的枝条，叶子长得像松针一样，只不过略粗略短略圆润，上面倒是有一些漂亮、类似白色小花的东西，长在枝干上。好端端的植物哪里生存不好，偏要长在砾石堆上，着实让人不解。对我而言，这种植物缺乏传统意义上的美感，没有太大的吸引力。

再次见到裸果木，确切地说是裸果木标本，是在中科院新疆生态与地理研究所的科普馆里，一个展柜里不仅有标本，还有一幅植物画，感觉那标本就是原封不动地将戈壁荒滩上的裸果木挪到了台纸上，颜色和模样都没有变化，有一种"一眼万年"的风情，无论在哪里，它都不曾改变。但实话说，除它的名字让我觉得有些怪异外，我还是没有太多的兴趣去了解它。

直到 2020 年 6 月，我无意间读到一则新闻——"巴彦淖尔市乌拉特后旗发现 8 丛世界自然保护濒危物种——裸果木"。裸果木？不就是那个乌恰县满戈壁滩上都是的小灌木吗？怎么突然变得这么珍稀了？发现了 8 丛就值得发条新闻？还是国家级媒体报道的，我突然就有了了解它的兴致。

初步查阅资料了解到，裸果木（*Gymnocarpos przewalskii*）是亚洲中部荒漠区比较稀少的古地中海旱生植物区系的孑遗种，也是构成石质荒漠植被的重要建群树种之一。研究裸果木对于了解中国北方荒漠的发生、发展，气候的变化及旱生植物区系成分的起源都有比较重要的科学参考价值。裸果木在新疆主要有三个间断的分布区：一是在天山南麓以南的广大洪积扇和冲积平原戈壁上有连续分布区；二是在天山东部哈密地区及天山北部奇台、木垒一带有分布区；三是在阿尔金山北麓的戈壁一带有分布区。

摄影 段士民

摄影 段士民

① 裸果木褐红色花朵外有白色的苞片
② 裸果木的叶是线形的

①
—
②

    我感兴趣的是，戈壁滩上遍野都是的裸果木，怎么就成了濒危植物？这首先要从它的种子说起。塔里木大学杨赵平教授团队的研究显示，裸果木的结实率仅为 6.37%，而且种子非常小，每 1000 粒种子仅有 1.68 克重。在荒漠上，如此低的结实率及如此小的种子，当然不利于种群的扩大。而且，裸果木种子萌发阶段对光照和温度的要求不高，适宜温度下种子在平均不到两天的时间里就会迅速萌发，但是鉴于它的生存环境，一旦遭遇特殊恶劣天气，萌发的幼苗就会受到毁灭性打击。

    同时，裸果木的种子如果落在没有水的区域，就很难繁衍后代，而它所生活的区域，原本就属于水资源非常匮乏的区域。加上裸果木枝条繁多，对风力强度起到了一定的阻碍作用，会造成种子集中扩散在母株周围，使种群遗传多样性降低，适应环境的能力变弱，自然繁衍受到制约。况且，裸果木的种子还常常被分布地的蚂蚁、蜥蜴等摄食。

    除种子扩散和萌发的影响外，裸果木分布区自然条件的恶劣，也对其种

摄影 段士民

摄影 段士民

① 裸果木的叶序
② 秋天的裸果木树丛

①
—
②

群的发展造成了很大影响。裸果木的大多数分布区为牧区，植物种群常常遭到羊群、骆驼等的啃食，加上牧民樵采等人为因素造成的生境破坏，使得裸果木分布范围不断缩小，成为濒危物种。

虽然种子是裸果木种群扩大的一个弱项，但并不意味着这种植物完全不适应现在的生存环境。长期生活在干旱的荒漠环境中，裸果木自然形成了一整套应对干旱和低温环境的组织结构。比如，它的叶片是线形的，叶片的气孔下陷，而且叶片表皮的角质化程度高并附有蜡质层，这些都有效地防止了它体内水分的蒸发；之所以被称为"木"，是因为它虽然矮小，但茎部的次生木质部很发达且曲曲折折，这有利于它抵抗砾漠上的"飞沙走石"，不至于轻易地被风吹跑；它和很多荒漠植物一样，有非常强悍的根部，不但根、茎比率高，而且根的皮层具有发达的贮水薄壁组织，有利于为它在干旱环境中留住赖以生存的水分。

顺便说一下，我之前在戈壁滩上看到的裸果木枝干上类似白色小花的东西，那不是它的花瓣，而是它的苞片。苞片里面密密麻麻、基本看不清的褐红色部分，才是它的花，所以，种子小也是有原因的。

应该说，每一种能在恶劣环境下生存且繁衍生息的植物，都有着它独特的智慧和魅力。如果，仅仅是自然环境的恶劣，还不足以使得它们迅速进入濒危状态。而人对其生存环境的影响，往往可能会造成不可逆转的物种危机。

面对一个物种的濒危，科学家当然不会坐视不管，他们会从更加精准的角度去探寻原因，进而努力找到解决方法。针对当前裸果木自然种群的不断衰退，新疆农业大学李新蓉教授团队从裸果木的花部特征及繁育系统入手，探寻裸果木有性繁殖过程中的薄弱环节，了解影响其成功繁殖的因素，也就是说从根源上找到裸果木结实率低的原因，进而为裸果木的保护和种群扩大提供了科学依据。我们期待着更多科学家的共同努力，让这个古地中海旱生植物区系的孑遗种继续在荒凉的砾石戈壁上繁衍生息。

参考文献

贾舒雯. 2016. 中国西北干旱区裸果木遗传多样性分析及裸果木属的进化历史研究. 中国科学院大学博士学位论文.

宋楠，李新蓉，狄林楠. 2019. 荒漠孑遗植物裸果木种子时空扩散特性. 生态学报, 39(7): 2462-2469.

王立龙，王亮，张丽芳，等. 2015. 不同生境下濒危植物裸果木种群结构及动态特征. 植物生态学报, 39(10): 980-989.

徐振朋，宛涛，蔡萍，等. 2017. 裸果木种群遗传多样性及其与土壤因子的关联性研究. 生态环境学报, (9): 1473-1479.

徐振朋，张佳琦，宛涛，等. 2017. 孑遗植物裸果木历史分布格局模拟及避难区研究. 西北植物学报, (10): 192-199.

中国科学院中国植物志编辑委员会. 1996. 中国植物志(第二十六卷). 北京: 科学出版社: 51.

尖喙牻牛儿苗
荒漠里的天使羽翼

沙漠是什么模样的？与"一千个人心里有一千个哈姆雷特"不同，"干涸、荒凉、没有生命力"可能是最无争议的答案，这是人们的普遍共识。但是，如果你去过位于新疆北部准噶尔盆地的古尔班通古特沙漠，一定会颠覆你以往对沙漠印象的全部认知。

准噶尔盆地是温带干旱荒漠，气流从盆地西部的缺口涌入，使古尔班通古特沙漠较为湿润，罕见地拥有70~150毫米年降水量，并且冬季有积雪。水源较多，使得这个中国面积最大的固定、半固定沙漠充满了生命的张力。特别是经过漫长冬季之后，融化的积雪滋养孕育着特有的短命植物迅速萌发开花，使沙漠里呈现一派地绿花鲜、春意盎然的景象，让你恍若进入了奇幻世界，完全无法感知自己正身处沙漠腹地。

而本文要介绍的尖喙牻牛儿苗，就是营造

物种特点

一年生草本，高7~15厘米，全株被灰白色柔毛。茎仰卧或基部仰卧，下部多分枝。蒴果椭圆形，长5~6毫米，宽3~4毫米，被开展或稍向上的长柔毛，上部通常具横沟纹；喙长达7~9厘米，易脱落，成熟裂开后呈羽毛状。

① 尖喙牻牛儿苗的羽毛状附属物及种子
② 尖喙牻牛儿苗的植株
③ 尖喙牻牛儿苗是"群居"植物

沙漠春天的短命植物之一。这个名字初听，觉得充满了牧草气息，与天使的羽翼丝毫不沾边，但你若见过它的种子在夕阳照射下唯美的模样，你一定会觉得它与天使的羽翼非常匹配。

尖喙牻牛儿苗属牻牛儿苗科，是一年生草本植物，叶片呈长卵形或三角状卵形，边缘有不整齐的圆齿，植株高7~15厘米。整个植株覆盖着一层灰白色的柔毛，看起来总有种落了灰弄不干净的感觉。

尖喙牻牛儿苗营造出沙漠绚烂春天的小花朵，大多呈紫红色或浅紫色，花瓣为椭圆形，黄色的花蕊在紫色花瓣的衬托下，娇嫩而柔美。在时尚领域里，紫色与黄色这样的"黄金"配色，居然在沙漠腹地的短命植物中如此优良地体现出来，让人们不得不感慨大自然是最神奇的配色者。

充满智慧的果实，是它不同于其他短命植物成为古尔班通古特沙漠优势种群的重要因素。尖喙牻牛儿苗的果实由两部分组成，即羽毛状附属物和种子。羽毛状附属物下部靠近种子的部分呈螺旋状，上部则覆盖着总状羽毛，像齐天大圣的花翎。而种子则像一粒细长的深褐色瓜子，顶端带着一个短短的弯尖，种子表面附着许多带有刺状的毛，这些都便于它深深扎入土壤，或钩住小动物的皮毛，尤其是荒漠中啮齿动物的皮毛，如大沙鼠的皮毛，目的是助力它扩散。

羽毛状附属物上紧挨着种子的螺旋结构非常神奇，它会在种子粘贴到地面之后，通过解螺旋的作用助力种子扎入适宜的土壤层安家落户。螺旋结构之上便是纤薄而轻柔的总状羽毛，在阳光的照射下，折射出柔和的光晕，犹如天使的羽翼，让人在干涸的沙漠腹地，感受着不一样的宁静祥和。但羽翼的真正作用，远不止制造美感，它还要带着种子随风飞扬，飞向更远处的旷野，扩散种群，并远离母本植株，为的是给母本植株留下更多的生存资源——水及养料，毕竟在沙漠之中，这些生命的供给是有限的。

尖喙牻牛儿苗的生长发育期非常短，从种子萌发到果实成熟一般只有60~90天。在人类认为百天是一个生命开始最初的状态时，这些短命植物已经完成了它的整个生命周期。

中科院新疆生态与地理研究所的科研人员在多年对短命植物的跟踪研

摄影 段士民

摄影 段士民

② 尖喙牻牛儿苗是沙漠春天的短命植物之一
① 尖喙牻牛儿苗的花枝

①
—
②

究中发现，尖喙牻牛儿苗可以分为秋萌、春萌及夏萌 3 种，它并不只有在沙漠的早春时节才生长，遇到合适的水土和气温条件，它随时都有可能萌发。也就是说，你可以同时看到"爷爷""父亲""孙子"三代尖喙牻牛儿苗在同一个时空开花结果，植物学界称之为"世代重叠"现象。

短命，或许是它为了延续生命，在千百年的环境磨炼中演化出的生存技能。荒漠中各种植物千奇百怪的生存状况，真正体现着"物竞天择，适者生存"的生命法则。

参考文献

钱亦兵, 吴兆宁, 张立运, 等. 2007. 古尔班通古特沙漠短命植物的空间分布特征. 科学通报, 52(19): 2299-2306.

王莎莎. 2010. 尖喙牻牛儿苗有性繁殖体在定居过程中形态结构和生理适应性研究. 中国科学院研究生院硕士学位论文.

张静. 2018. 积雪和丛枝菌根真菌网络对尖喙牻牛儿苗幼苗生长的影响. 干旱区研究, 35(3): 624-632.

准噶尔半日花
花开半日亦风情

"重惜金钱贵,刚开半日花。吾庭多野卉,此种亦奇葩。夜想水冲散,晓看天雨斜。若堪购书读,不负种儒家。"最开始读到明代诗人秦瀚的这首诗,以为是写半日花的,还寻思着作为无锡人的他,又不曾金戈铁马征战沙场,怎么会见过长在西北荒野中的半日花呢?后来才弄清楚,这首被收录在《梁溪诗抄》里的诗,其实写的是另一种野花——金钱花,这让我难免有些失望。

半日花,从字面意思看,似乎就是"只开半日的花",是一种听起来就挺有故事的植物。在欧洲,半日花的花语是天真无邪,与它娇嫩的模样倒是很般配。不过,它确实是花如其名,一天只开半日,也就是从早上开到中午,到了下午就会闭合起来。作为古地中海植物区系的孑遗植物和亚洲中部荒漠区的特有植物,它的

物种特点

矮小灌木,多分枝,稍呈垫状,高5~12厘米,老枝褐色,小枝对生或近对生,幼时被紧贴的白色短柔毛,后渐光滑,先端呈刺状,单叶对生,革质,具短柄或几无柄,披针形或狭卵形。花单生枝顶,花瓣黄色、淡橘黄色,倒卵形,楔形,长约8毫米。种子卵形,长约3毫米,有棱角,具纲纹,有时有皱缩。

故事，应该远不止"花只开半日"那么简单。

我第一次看到它，是在伊犁谷地的碎石山坡上，它好像很喜欢从碎石堆里钻出来。一簇一簇都是长在岩石碎裂的滩涂或山坡上。看到它很容易感慨——这花是从石头缝里蹦出来的。虽说生存的环境并不友好，但它那明艳艳的橘黄色花朵却非常吸引人。尤其是在碎石山坡上，五瓣橘黄色的花瓣像芭蕾舞裙一样舒展开，花蕊葱葱茏茏地聚在一起，映衬在墨绿色的叶片上，一派在荒野中逍遥自得的模样，仿佛周边那些坚硬的石头就是为了来做背景布的。你在枯燥的碎石山坡上疲倦了的视线，很轻易就会被它吸引。

半日花（*Helianthemum songaricum*）是半日花科（Cistaceae）的一种矮小灌木，半日花属在全球约有110种，分布于北非、亚洲西南部和欧洲，北美洲和南美洲也产，主要在地中海地区，并延伸到东非（索马里）和亚洲中部（鄂尔多斯高原）。由于在我国仅在内蒙古的鄂尔多斯高原和新疆的伊犁谷地分布有一种半日花，该物种极为珍贵稀有，1991年就已收编入《中国植物红皮书——稀有濒危植物》中，被列为国家重点保护对象。2000年内蒙古大学赵一之教授等将内蒙古分布的半日花独立出来，定为鄂尔多斯半日花（*Helianthemum ordosicum* Y. Z. Zhao et al.），但是《中国植物志》英文版 *Flora of China* 认为是异名。然而物种2000（一个致力于建设电子化的全球生物物种名录的国际组织）却接受了鄂尔多斯半日花这一物种。不过，本篇主要介绍的是准噶尔半日花（*H. songaricum*）。

准噶尔半日花看起来有些娇嫩，完全不像是在碎石山坡上成长起来的植物。不仅花好看，它的枝叶也别有一番韵致。整个植株的高度只有15厘米左右，碧绿色小小的革质叶片上，有一层白色的棉毛，常常会向下翻卷。而灰褐色的嫩枝上，虽然也有些小小的柔毛，尖头却出其不意地呈刺状。

这么娇小玲珑的植物，但它生长的环境却非常恶劣。在海拔750~1300米的山前带，干旱石质山坡、台地石砾阳坡及海拔1000米的半干旱蒿类荒漠草原上，比较容易发现准噶尔半日花小面积的群落。尤其是在干旱石质山坡、台地石砾阳坡上，与刺旋花混生，呈片状或带状分布。在它的有些分布区域，常常是冬季寒冷，而夏季则酷热干旱。年降水量不足300毫米，蒸发

摄影 段士民

① 看似娇嫩的准噶尔半日花完全不像在碎石山坡上成长的植物

② 准噶尔半日花五瓣黄色的花瓣像芭蕾舞裙一样舒展开

①
—
②

量远远超过降水量。它所生长的区域内，碎石的覆盖率可达 70% 以上。

　　准噶尔半日花能在这样的环境下生存并繁衍生息，肯定有一些比较特别的"配置"。科学家发现，它的叶子没有海绵组织，这样既缩小了蒸腾面积，又使光合作用能正常进行。同时，叶面表皮发达的角质层，加上细细密密的绒毛，也会有效减少水分蒸发；作为丛状灌木，准噶尔半日花在其植株周围会形成明显的灌丛堆，这对改善植株的小环境有着积极作用；准噶尔半日花

摄影 段士民

摄影 段士民

① 新疆伊犁的半日花
② 半日花的花蕾与叶

①
——
②

虽为直根系植物，但其侧根也非常发达，且数量很多。其根外的树皮很厚，可以保障其在土壤干旱时不失水，而且可以防止土壤表层沙粒的高温灼伤其根部；其成熟的种子一旦遇到充足的水分，就会迅速膨胀，黏附在沙土或砾石上。种子萌发后，其植株的地下生长速度是地上生长速度的10~14倍。

原以为有如此强大的特殊"配置"，准噶尔半日花一定是一种生长繁茂的植物，没想到，它早已被列入《中国珍稀濒危保护植物名录》。究其原因，还是人类生产生活对其生境产生了太多负面的影响。

由于自然因素和人类经济活动的影响，特别是在准噶尔半日花分布区内，采矿、烧柴、放牧、土地开发及城市化等人为影响，加剧了对准噶尔半日花生境的破坏，导致其生物量锐减，造成了个体衰退、种群缩小的濒危状况。准噶尔半日花是一种古老的植物，千百年的进化和环境变迁都没有让它消失殆尽，但人类的活动，却加剧了这一物种的濒危化。

科学家发现，准噶尔半日花在新疆的分布面积越来越狭小，且种群规模也很小，呈现出碎片化分布的局面，导致其种群间的基因交流减少或中断，造成其遗传多样性降低，而且出现了明显的遗传分化。加之其自身产种率就极低，每个果实只有1~3粒种子，且种子外壳比较坚硬，一旦遇到干旱天气，就会导致萌发率非常低。所有这些因素加起来，准噶尔半日花所面临的窘迫境况，也就不难想象了。

准噶尔半日花对研究我国荒漠植物区系的起源及与地中海植物区系的关系具有重要的科研价值。科学家建议对准噶尔半日花的全部种群、个体和原始生境进行保护，并对其天然种群采取复壮、迁地保护和划分居群管理单元等保护措施。

参考文献

高天鹏, 张勇, 晋玲, 等. 2006. 珍稀濒危植物半日花研究进展. 中国沙漠, 26(2): 312-316.
苏志豪, 李文军, 卓立, 等. 2017. 新疆濒危植物半日花居群的遗传变异及遗传结构分析. 植物资源与环境学报, 26(4): 67-73.
王林龙, 刘明虎, 李清河, 等. 2016. 不同生境半日花植物构型特征. 中国沙漠, 36(3): 651-658.
中国科学院中国植物志编辑委员会. 1990. 中国植物志(第五十卷 第二分册). 北京: 科学出版社: 178.
朱艳蕾, 陈梅. 2008. 新疆濒危植物半日花的研究现状及前景. 新疆师范大学学报(自然科学版), (2): 84-86.

新疆郁金香
荒野中的明媚春光

在白雪皑皑的冬季，被风雪充斥的视野，会泛出难以言状的疲劳。身心的每一个角落，都想念着春天。可是，对新疆而言，早春时节，干旱依然是大地的主旋律，你所目及之处，是黄色的土壤、蓝色的天空、微微泛青的树枝和耀眼刺目的阳光……所以，新疆早春的野花，常常给人意想不到的视觉冲击，那一抹淡淡的明媚，轻易就能撩拨你的心绪，让你感叹春光的动人。

新疆郁金香，就是这样一种在早春时节撩拨人心绪的野花。在荒凉的山坡上，其他草木还没有完全苏醒，而它已经招展着明黄色的花朵，宣告春天的到来了。

一说起郁金香，很多人会立刻想到植物园的苗圃，苗圃中栽培整齐的艳丽花朵，典雅、高贵，像一个个安静的少女伫立于晨光之中，

物种特点

鳞茎卵圆形，直径1~1.5 (~2.2)厘米；鳞茎皮纸质，上端抱茎，上延长达4~5(~7)厘米，内面有较密的伏毛，但中部无毛或毛少。叶3枚，通常彼此紧靠，反曲，边缘多少呈皱波状。花单朵顶生，黄色或暗红色，较少红黄色；外花被片矩圆状宽倒披针形，背面紫绿色、暗紫色或黄绿色；内花被片倒卵形，与外花被片等长或稍短，基部变窄成柄，有深色的条纹。

一派柔美的景象。而事实上，真正的野生郁金香是生长在干旱的环境中的，新疆北疆的荒漠区是中国野生郁金香的分布中心。新疆郁金香（*Tulipa sinkiangensis*）主要分布在准噶尔盆地南部、乌鲁木齐市至奎屯市一带的山前带平原荒漠，以及石质低山的阳坡。

想象一下在这样干旱的生存环境里，突然看见一簇簇娇嫩的明黄色野花映入眼帘，那是不一样的视觉感受。新疆郁金香的花被片多为黄色或暗红色，且花被片较大，非常明媚鲜艳，在荒野的映衬下，让人一眼就会注意到。除了花被片明媚，新疆郁金香的叶片也颇具风情，不但是卷边叶，而且像波浪一样曲卷着向外延伸，从下向上逐渐变细，叶片蓝绿色的光泽低调内敛，与花瓣的张扬形成鲜明对比。这或许就是它的视觉魅力所在，出现在意想不到的荒野之中，花瓣张扬，叶片低调，流露出一种"我自风情万种，与世无争"的姿态来。

新疆郁金香是百合科郁金香属植物，新疆农业大学谭敦炎教授团队在长期的调查研究中，初步明确：中国野生郁金香属植物有15种1变种，新疆有13种1变种。而我们说的新疆郁金香（*Tulipa sinkiangensis*）仅分布在新疆北部的准噶尔盆地。

多花，是新疆郁金香的一个稳定性状，在它的每个植株上，都能有1~8朵花，且花的数目、花的生物量、植株结籽的数量和果实的生物量均与植株生物量之间存在正相关关系。而且新疆郁金香是自花授粉和异株异花授粉均可结实，颇有"多子多福"的意思。总体来说，植物其实很聪明，为了确保生命的优质延续，它们会自然优先选择通过虫媒、风媒等实现异株异花授粉，如果确实无法实现异株异花授粉，又会退而求其次选择自花授粉，确保能够结实。这些特点都是我国培育优良郁金香品种的宝贵经验，具有重要的育种价值。

作为比较独特的多年生早春类短命植物，新疆郁金香植株地上部分每年的生长期仅有85天左右的时间，到了6月中旬，地上部分就结束生命，全部枯萎死亡，只留鳞茎和不定根静悄悄地在地下生长发育，等待下一个春天的来临。

如果你认为新疆郁金香"多子多福"就会有非常繁茂的种群，那

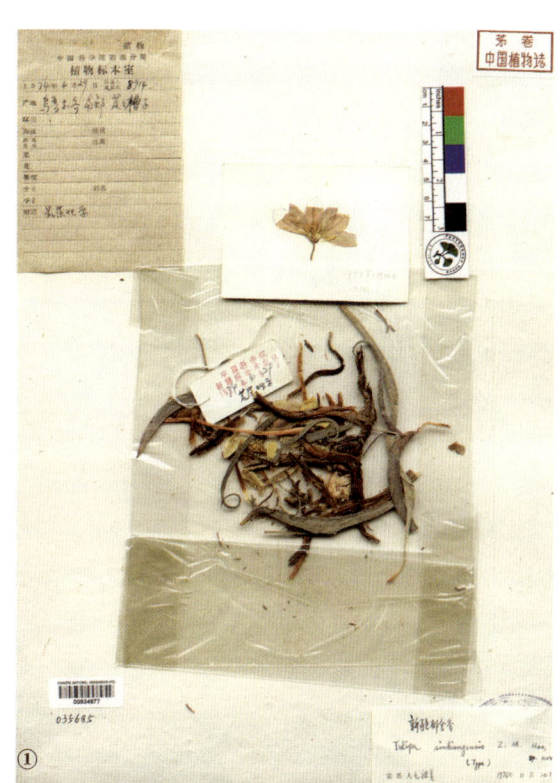

① 新疆郁金香标本图

图片来源于国家植物标本资源库（http://www.cvh.ac.cn）

一定是一种误解。新疆郁金香从种子萌发到完成一次有性生殖的过程需要经历 4~5 年，每年会产生新鳞茎以替换老鳞茎，但始终保持 1 个种球，有性生殖的漫长生长过程使得种群的更新和扩张受到制约。所以，即便是在乌鲁木齐周围的荒山上，它也不是随处可见的早春野花。人们见到的那些绽放着明媚春光的黄色花朵，都经历过一个漫长的生长季。

如今，随着城市用地的扩张、野生植物的乱采滥挖，新疆郁金香的原生地和种群受到了极大的破坏，种群数量每年都在减少。生命力如此顽强的新疆郁金香，在《中国生物多样性红色名录》中，已被列为濒危物种。

摄影 杨宗宗

摄影 杨宗宗

① 新疆郁金香的叶非常特别
② 蓝绿色的叶片与黄色的花朵形成鲜明的对比

①
②

    在濒危的影响因素中，有一个令人非常不解的现象：早春时节，会看到不少人把新疆郁金香当成一种野菜进行采挖和食用。且不去探究挖野菜如何成了现代都市里的一种流行，单说新疆郁金香含有一定量的秋水仙碱，它就不应该成为一种野菜。在不少药典中都有记载：郁金香属植物含有秋水仙碱等多种生物碱，在体内潜伏期较长，被氧化后会产生毒性，能引起强烈的刺激症状及导致毛细血管受损等，严重者可在一两天内因呼吸麻痹而死亡。冒着毒性危险挑战味蕾的欢愉，是现代人的愚蠢无知还是胆大妄为？

新疆野生植物研究者杨宗宗在野外进行新疆郁金香调查时，看到了更加令人愤怒的情景：一些家长在带着孩子郊游时，不仅不教孩子如何保护新疆郁金香等野生植物，还现场实操给孩子传授如何翻挖新疆郁金香的技能！

尽管现在不少环保组织已经开始宣传对新疆郁金香的保护，但其保护之路还处在"路漫漫其修远兮"的阶段，很多建设工程对城市周边物种的破坏力度和公众对野生植物资源保护意识的淡漠，都为保护之路增加了太多障碍。但是，对这些物种的保护，正在通过科学普及工作，以一种润物细无声的方式在青少年中蔓延。也有越来越多的公众，开始关注对野生植物的保护，2020年4月22日，被定为第一个新疆郁金香日，更多人加入了保护新疆郁金香的行列。期望荒野中那抹明媚春光，能一直在风中摇曳……

参考文献

艾沙江·阿不都沙拉木，谭敦炎，吾买尔夏提·塔汉. 2012. 新疆郁金香营养生长、个体大小和开花次序对繁殖分配的影响. 生物多样性, (3): 391-399.

康晓珊，张永智，杨维康，等. 2018. 新疆野生郁金香的园艺价值及保护利用. 安徽农业科学, 46(24): 39-41.

毛祖美. 1984. 新疆郁金香属植物的研究. 干旱区研究, (2): 39-43.

屈连伟，雷家军，张艳秋，等. 2016. 中国郁金香科研现状与存在的问题及发展策略. 北方园艺, (11): 188-194.

谭敦炎，魏星，方瑾，等. 2000. 新疆郁金香属新分类群. 植物分类学报, 38(3): 302-304.

杨宗宗. 2020. 老是被挖的"老挖蒜"，原来这么美. 物种日历.

猪毛菜
摇曳旷野绽芳容

十月的新疆,很多地方美得有些失真,像上帝打翻了调色盘,将你能想到的所有美好的颜色,都别有韵致地混合在一起,彰显这世界的迷离和妩媚。所以,这个季节的新疆,是摄影师的天堂,是旅游者的朝圣地,是艺术家的归宿。

而我,在畅游了东疆小城巴里坤之后,被各种美景冲洗过的眼睛居然略有疲倦之意,想要快快逃离那色彩斑斓的草原和湿地,将目光远远地放逐于荒野之中。但是很快,我就被路边红红黄黄紫紫的一大片植物吸引了,砾石戈壁上是什么植物这么有生命力,居然摇曳多姿地开出这么惹眼的花朵,绽放着迷人的微笑。一簇簇小花,仿佛招手般让你忍不住放慢脚步,想要靠近它,了解它。

其实,在旅途中专门停车去拍摄和观察的

物种特点

一年生草本,高20~100厘米;茎自基部分枝,枝互生,伸展,茎、枝绿色,有白色或紫红色条纹,生短硬毛或近于无毛。叶片丝状圆柱形,伸展或微弯曲,长2~5厘米,宽0.5~1.5毫米,生短硬毛,顶端有刺状尖,基部边缘膜质,稍扩展而下延。花序穗状,生枝条上部;花被片在突起以上部分,近革质,顶端为膜质,向中央折曲成平面,紧贴果实,有时在中央聚集成小圆锥体。

时候，我并不知道它的名字。在烈日炎炎的戈壁滩，泛着盐碱白色的土地上，你很难将这个环境和花团锦簇联想在一起。而那些红色、黄色、紫色、淡绿色的花朵，是一种另类的存在，恰恰让你在最无生命迹象的大环境中，体会了一下什么是繁花似锦。

我拿着照片回来寻求同事的帮助，他们没有任何犹豫就告诉我，这是猪毛菜属植物！什么？猪毛菜属？这个在旷野中长着的娇嫩鲜艳的植物叫猪毛菜，名字和实物反差太大了！

虽然郁闷至极，但我还是忍不住想要了解它。毕竟，我刚刚被色彩斑斓的美景洗礼过的眼睛，旋即被路边这些野花所吸引，足以说明它们的魅力。

其实，猪毛菜属植物并不稀奇，在很多荒漠区都有。它是一类常见的藜科植物，全世界有130余种，主要分布在亚洲、非洲及欧洲，以地中海到中亚地区最为丰富。而在中国，猪毛菜属植物有37种1个变种，分布在新疆的该属植物则多达33种。它们多生活在气候干旱、土壤盐碱化较为严重的荒漠区，是荒漠植被的优势种。

所以，你在同一片区域内经常可以看到数种不同的猪毛菜属植物。普通人区分它的方式就是看"花朵"颜色的不同，而事实上，我们所看到的那些色彩艳丽花瓣状的结构不是花朵，而是它的果翅，更确切的解释是果期花被片的翅状附属物，果翅不仅是该属植物重要的分类学性状，同时它的存在是为让种子更好地传播。而它的花，多数只有两三毫米大小，并不醒目，且花期多在6~8月，人们很少注意到。那么招摇耀眼的，竟然不是花瓣而是果翅，实在让人有些不解。这恰恰就是荒漠植物与众不同的地方，炫耀果实，而不刻意招展花姿。

大多数的猪毛菜属植物都能起到保持水土和防风固沙的作用，它们是新疆荒漠区植被的重要组成部分，在荒漠区植被恢复与重建以及维持荒漠生态系统平衡方面有着特殊的生态功能，具有较强的抗旱和抗盐碱能力。

和人类一样，在植物的成长过程中，种子萌发阶段对环境的抵抗力最弱，各种不利因素都有可能影响其繁衍生息。为了减少不利因素

① 紫翅猪毛菜
② 猪毛菜是荒漠区常见的一种植物

摄影 段士民

摄影 段士民

①
—
②

对种子的影响，聪明的植物会进化出各种特殊的能力来抵抗这些影响。多数猪毛菜属植物，会产生异型性种子，以减少不利生长因素对其的影响。也就是说，同一株植物产生出多种不同类型的种子，种子在形态、大小、颜色、结构、萌发特性、传播方式上都有较大的差异。

以在古尔班通古特沙漠成功定居的钠猪毛菜为例，同一植株可以产生三种及以上不同类型的种子。有的种子，长着易于传播的结构，如果翅，可以随风或其他外力远距离传播，它们有可能散布到更适宜的环境中去生存，也有可能一不小心就去了更为恶劣的环境，这属于走冒险机会主义路线的种子；而有的种子，则没有果翅，成熟之后就掉落在母体植株的周围，属于稳妥"妈宝男"类型的种子，绝不离开自己熟悉的环境。有的种子，有休眠机制，遇

摄影 段士民

摄影 段士民

摄影 段士民

① 钝叶猪毛菜
② 浆果猪毛菜
③ 大多数猪毛菜属植物都能起到保持水土和防风固沙的作用

①	②
③	

到不合适的环境就不萌发，等到气温、水分等条件都合适了再萌发，形成的幼苗存活率也非常高；而另一类种子，则非常"激进"，给点阳光就灿烂，先萌发了再说，遇到气温、水分等条件的突变，就只能死于非命了。

不少荒漠植物都有种子多型性的特性，产生两种或两种以上可以在不同环境条件下萌发的种子，就是为了适应严酷和不可预测的环境，演化出与之相适应的种子萌发对策，以确保种子在适宜的时间和空间下萌发，进而保障种群的延续。了解到这些，突然感慨那句"物竞天择，适者生存"！

种类纷繁的猪毛菜属植物，不仅有可以用作牧草的，如东方猪毛菜、木本猪毛菜、松叶猪毛菜等，而且还有可以入药的，如一年生草本植物猪毛菜，全草可以入药。它的主要化学成分有黄酮类、生物碱、有机酸、糖类等，且硒含量丰富，有降血压、治疗肝热及肺热的作用，是新疆维吾尔族传统民间药用植物。

别看猪毛菜属植物美美地展露在荒野中，让你看到它摇曳多姿，但与之外形气质极为不符的是，不少猪毛菜属植物的味道都不太好闻，如准噶尔猪毛菜泛着鱼腥味，让你避之不及；钠猪毛菜也有种奇怪、让人不舒服的味道，只可远观，不宜靠近。原来"不论美丑，各有各的烦恼"这句话在植物界也是通行的。

参考文献

常水晶. 2008. 新疆猪毛菜属植物分类学研究. 新疆农业大学硕士学位论文.
韩占江, 焦培培, 黄文娟, 等. 2015. 塔里木盆地分布的藜科野生药用植物简介. 黑龙江农业科学, (2): 175-176.
王梦茹, 魏岩. 2019. 古尔班通古特沙漠钠猪毛菜种子异型性及其萌发行为研究. 草业学报, 28(3): 85-92.

盐角草
以"吃盐为乐"的草本植物

热衷追求"舌尖美味"的中国人，素来注重食物的口感，要浓淡相宜。所以很多大厨都铭记一句话："好厨子，一把盐。"所谓"一把盐"，不是随便抓把盐撒下去就行。而是，这一把盐的"度"，非常有讲究，盐下锅，菜的基准味道就定了，香与不香，都在这"一把盐"上。

说到盐，植物界有一个"吃盐大王"。这么说，很多人会惊奇：人吃盐，动物吃盐，大家都觉得很正常。可是植物吃盐，这是什么机制和原理？但事实上，真的有植物会"吃掉"土壤里的盐分，减弱土壤的盐碱度，改良那些因为盐碱过重而不能耕种的土地。盐角草，就是这样一种神奇的植物。

2019年10月初，在穿越巴里坤湖周边的东疆荒漠区时，我被路边那些泛着勃艮第红的

物种特点

一年生草本，高10~35厘米。茎直立，多分枝；枝肉质，苍绿色。叶不发育，鳞片状，长约1.5毫米，顶端锐尖，基部连合成鞘状，边缘膜质。花序穗状，长1~5厘米，有短柄；花腋生，每1苞片内有3朵花，集成1簇，陷入花序轴内，中间的花较大，位于上部，两侧的花较小，位于下部。种子矩圆状卵形，种皮近革质，有钩状刺毛。

草本植物吸引了,白花花的盐碱地旁一片死寂,但盐角草丝毫不在意周遭环境的颓废与苍凉,在阳光的映射下,散发着凄美迷离的韵味,兀自成为一道风景。

盐角草是一种一年生肉质草本植物,又名海蓬子。在我国,其主要分布于江苏、浙江、新疆等地。事实上,我的同事王雷近两年来做了一个调查,他从浙江开始,一路北行,在盐湖周边、干旱区的水库边、盐沼和盐碱洼地里,都发现了盐角草的身影,基本上哪里盐碱重,哪里就有盐角草,用"逐盐碱而生"来形容它,一点也不为过。

如果你觉得这样离奇的植物会长相丑陋,那你真是"冤枉"了盐角草。盐角草常常呈现红色,植株高在10~35厘米,从植株的最底部就开始分枝,不断向上生长分叉,枝是肉质的,叶也是肉质的,让你乍一看根本分不清哪里是枝,哪里是叶。并且,它一副萌萌的样子,枝丫嫩而多汁,表面非常光滑;叶片肉质多汁,几乎处于不发育的状态,长度不过3毫米,非常娇小。整体上,它很像一株多肉植物,完全是一副楚楚可怜的模样。然而,它却是赫赫有名的吃盐"老虎机",也是地球上迄今为止报道过的最耐盐的陆生高等植物之一。

中科院新疆生态与地理研究所的田长彦研究员介绍,当土壤含盐量达到0.5%时,会对农作物的生长产生一定的抑制作用,不能获得令人满意的收成;当土壤含盐量低于1%而高于0.5%时,会对农作物的生长产生中度抑制,非常影响作物的收获;当土壤含盐量超过1%时,就会对农作物的生长产生重度抑制,换句话说基本没有什么农作物可以正常生长了。但盐角草这种"吃盐"植物认为这样的土壤才是真正的乐土,它甚至可以在土壤含盐量达到6%的土壤中存活,真是"甲之蜜糖,乙之砒霜"。植物界的神奇,大概就是如此吧!

说盐角草"吃盐",其实未必真的是吃了能消化,而是它的根从土壤和水分中吸收大量盐分,并把吸收来的盐分集中到细胞中的盐泡里,不让它们流散出来。从结构上说,它的茎内薄壁组织中,有专门集聚盐分的盐泡及担负泌盐功能的盐腺或盐囊泡。盐角草吸收的那些过多的盐分,并不会影响其自身的正常生长发育，只是把这些盐分储存在身体里且隔离起来，防止盐分对自身尤其是根部造成伤害。所以，科研人员在实验过程中发现，盐角草地上部分的盐分含量，远远高于根部，两者盐分含量差别比最高可达 6.42∶1。

科研人员做了实验，虽然盐角草体内的含水量达到 92%，但将其晾干之后燃烧，最后提取物中盐分的比重（即干重盐分）竟然占 40% 以上。而普通植物的干重盐分不会超过 15%。这一比较，人们大概明白了吃盐"老虎机"的具体含义是什么。所以，把盐角草种在盐碱地，过三四年土壤就会被改良了，变成可以耕种普通作物的土地。这一点着实让人感慨，这身躯娇小的多汁植物，居然有这么神奇且伟大的作用。

在土壤盐碱化日渐成为全球性生态问题的今天，不合理灌溉造成的土壤次生盐碱化，已使得许多地方农作物大面积减产。而引种盐地先锋植物，

① 盐角草种群"逐盐碱而生"

摄影 段士民

① 盐角草常常呈现红色

② 盐角草是一年生肉质草本植物，肉嘟嘟的样子很可爱

摄影 段士民

①
—
②

应用生物排盐方法改良盐碱土壤，解决土壤次生盐碱化问题，已成为行之有效的措施。作为世界上最著名的耐盐植物，盐角草热衷于生长在含盐量达0.5%~6.5%的高浓度潮湿沼泽中。或许，正是基于盐角草"强悍"的耐盐能力和摄盐能力，它常常作为生物工程措施的重要手段之一，被广泛用于盐碱地的综合改良中。很多被盐碱土壤侵蚀严重的地方，都把盐角草作为改良土

壤的作物进行大面积种植。

科研人员发现，除了"吃盐"，盐角草还可以被当作调节性牧草。盐角草植株的蛋白质组成有很高的价值，实验证明，在畜牧饲料中混合盐角草后，不仅可以节省因向饲料里添加矿物盐所增加的成本，而且牲畜还很爱吃，并能显著改善肉类品质。盐角草在对盐碱土壤进行脱盐修复的同时，还能为牧区提供牧草，这真是不经意的一举两得。

更让人意想不到的是，盐角草的药用价值也很高，它是一种传统中药的原料，全草可用作利尿剂。随着盐角草研究的不断推进，利用盐角草萃取物开发化妆品也成为其新的资源利用方式。这种原本野生在盐碱滩涂上的草本植物，不仅成了科学实验室里的常客，还"一不小心"成了药物及化妆品开发领域的"新宠"，颇有些"麻雀变凤凰"的味道。

不过，科学家更关注的是盐角草的抗盐基因，他们希望通过杂交育种和基因工程技术将抗盐基因导入优良农作物品种中，提高其抗盐性能，这无疑也是对抗土壤盐碱化一条很好的途径。

参考文献

张科, 张道远, 王雷, 等. 2007. 自然生境下盐角草的离子吸收 - 运输特征. 干旱区研究, 24(4): 480-486.

张科, 张道远, 王雷, 等. 2007. 自然生境下盐角草的生物学特征及其影响因子. 干旱区地理, 30(6): 832-838.

赵惠明. 2004. 盐生植物盐角草的资源特点及开发利用. 科技通报, 20(2): 167-171.

准噶尔无叶豆
沙丘上的木本克隆植物

在孤寂的沙海中观日落，是怎样一种感受？那将落的红日，为荒凉的沙海抹上了一缕宁静的光芒，紫罗兰似的微光薄雾仿佛将一切裹挟，沙丘的起伏在光影的强弱转换中渐渐迷失。暮色中蕴含着某种神秘的力量，让你感觉这是大自然刻意想要隐匿的东西。这是几年前一个6月底的傍晚，我站在新疆古尔班通古特沙漠腹地的沙丘上，远望日落时的感受。

相对于新疆的其他沙漠而言，古尔班通古特沙漠不太一样，看似荒凉无情，实际上却总是充满了不断变化和永远令人着迷的生命力。沙漠内部绝大部分为固定和半固定沙丘，在水分充足的年份里，固定沙丘上的植被覆盖率一度可以达到40%~50%，半固定沙丘上的植物覆盖率也能达15%~25%。这是一个生机盎然的沙漠，随处可见的各种植被常常会让你忘记自己

物种特点

灌木，高50~80厘米。茎基部多分枝，向上直伸；老枝黄褐色，皮剥落；嫩枝绿色，疏被短柔毛，纤细，稍有棱。叶退化，鳞片状，披针形，长1~2.5毫米。花单生叶腋，在枝上形成长总状花序。荚果稍膨胀，卵形或圆卵形，长6~13毫米，宽5~8毫米，具尖喙，被伏贴短柔毛，果瓣膜质。

身处沙漠之中，这或许也正是它的迷人之处。而本篇要介绍的准噶尔无叶豆，就生活在古尔班通古特沙漠的腹地。

准噶尔无叶豆 [*Eremosparton songoricum* (Litv.) Vass.] 是盘踞在固定、半固定沙丘上的稀有物种，属于小半灌木，50~80 厘米高。它的茎从基部就有很多分枝，向上直伸着，加上老枝大多是黄褐色的，远远看着就像一株株倒立的扫把插在沙丘上。而我注意到它，是因为在沙丘上看日落太入迷，不小心被它绊了一跤。低头一看，这个扫把一样的植物上一片叶子都没有，还长着很多看起来似乎有点透光的漂亮荚果，我突然就起了好奇心。

说它一片叶子也没有，是因为我们一般不会仔细观察它，传统意义上，我们看到的长荚果的植物，大多有着比较明显的叶片。而准噶尔无叶豆不是，为了抵抗干旱和烈日，在长期的进化过程中，叶片退化成鳞片状的披针形叶子，长不过 1~2.5 毫米，看起来就像没有叶子一样。

这种看起来很普通的植物，却是一个稀有种，准噶尔无叶豆特别在哪里呢？它是中亚荒漠的特有种，也是中国的单属种植物类群。从防风固沙的角度上说，躯干并不强壮的它，却对维护沙丘的稳定起着重要作用；而从分布上说，它的分布区域非常窄，在中国仅斑块状分布在新疆古尔班通古特沙漠腹地局部地段及沙漠东南缘的部分流动沙地上。不过，准噶尔无叶豆的特别之处可远不止这些。

科学家在准噶尔无叶豆体内提取到了一种特殊的基因，这一下就让它从众多荒漠植物中凸显出来了。中科院新疆生态与地理研究所张道远研究员课题组在准噶尔无叶豆体内克隆并分析了一个新的、仅在豆科植物中存在的天然截短型 DREB 基因 *EsDREB2B*。这个基因具有广泛的抗旱、抗盐、抗冷、抗热性能，是目前报道过的极少数抗性广泛且不以损失植物生物量为代价的抗性基因，是极具潜力的作物抗逆分子育种候选基因。想不到荒凉沙丘上看似普通的植物身上，竟然有这么神奇的基因。

众所周知，干旱缺水是干旱区农业发展的瓶颈，也是导致农作物减产的主要威胁。利用基因工程手段，克隆耐旱基因并转化到农作物

摄影 段士民

① 准噶尔无叶豆植株

摄影 段士民

② 准噶尔无叶豆漂亮的花枝

①
──
②

上，是目前最经济、高效和绿色的发展策略。荒漠植物长期生活在恶劣的环境中，体内蕴含着特殊的抗逆基因资源，从这些荒漠植物体内筛选克隆出功能强大的候选基因元件，无疑对未来干旱区的农业发展是一股巨大的推动力。从这个角度说，准噶尔无叶豆属于一种优良的植物基因资源。

另一个让人觉得准噶尔无叶豆有些与众不同的是，科研人员发现，一株准噶尔无叶豆通常能开100~3000朵花，但它的结实率却很低，小于16%，且在自然状态下种子的萌发率极低，不到3%；幼苗的定植率甚至低于0.1%。特别是在缺少充足的土壤、水分等条件下，准噶尔无叶豆种群的更新就很难通过种子进行有性繁殖。那它是怎样繁育后代的？大多数情况下，它需要依靠超强的水平根茎克隆能力来扩展种群空间，达到繁衍生息的目的。难怪科学家称之为"生活在沙丘上的根茎型木本克隆植物"。

通过水平根茎克隆，的确能够保障其扩展种群空间，但是，这种无性生殖对于提高植物的遗传多样性并没有好处。因此科学家开始探寻，是什么原因影响了准噶尔无叶豆的有性繁殖？

事实上，准噶尔无叶豆为了吸引更多的传粉者，也做了不少努力。在每年5月下旬至6月中旬，它们会大量集中开花，而且种群的花期历时近1个月，单个花朵的花期也有2~3天，属于荒漠植物中比较典型的"集中开花模式"，这都是在长期的进化过程中，适应沙漠资源贫瘠、干旱少雨气候条件的一种生殖保障。为了保障传粉，准噶尔无叶豆还兼具自花传粉和异花传粉的双重生物学特性。但是，由于其生活的环境中缺乏传粉者，其异花传粉效率低，而自花传粉又常常会导致结实率低。科学家认为，这些可能是准噶尔无叶豆有性生殖能力弱的主要因素。

作为一种优良基因的携带者，科学家当然希望它能有更加广阔的生存空间和丰饶的生长状态。为了能解决它当前面临的繁殖困境，科学家建议加强对准噶尔无叶豆生境的就地保护，减少人为破坏；在其集中开花时，在保护种群内放养蜂类昆虫，增加传粉者数量以提高传粉效率；积极开展迁地保护生物学研究，建立苗圃，营造人工种群。

在一个比我们的生存环境更加严苛、古老而复杂的世界里，植物能进化得如此完美，已经是一种奇迹了。或许，它们生来就具备了很多人类已丧失的能力，如果我们能获取其中优质的基因，并将其转化到现实的生产生活中，将那些不一样的生命律动传递下去，世界会不会变得更美好？

① 准噶尔无叶豆果枝
② 准噶尔无叶豆是中亚荒漠的特有种

摄影 段士民

摄影 段士民

①
—
②

参考文献

马文宝. 2007. 准噶尔无叶豆繁殖生态学特性研究. 新疆农业大学硕士学位论文.

马文宝, 施翔, 张道远, 等. 2008. 准噶尔无叶豆的开花物候与生殖特征. 植物生态学报, (4): 760-767.

张道远, 刘会良, 王建成, 等. 2011. 准噶尔无叶豆的保护生物学研究. 干旱区研究, 28(1): 104-110.

张道远, 马文宝, 施翔, 等. 2008. 准噶尔无叶豆的地理分布、群落学特征及生物生态学特性. 中国沙漠, 28(3): 430-436.

张道远, 王建成, 施翔. 2009. 根茎型木本克隆植物准噶尔无叶豆的种群数量动态. 植物生态学报, (5): 893-900.

麻黄
喜忧参半的荒漠守护者

第一次对麻黄好奇，是在《红楼梦》第五十一回"薛小妹新编怀古诗，胡庸医乱用虎狼药"里，贾宝玉看到大夫给晴雯开的处方里面有麻黄等药材，称之为"虎狼药"，他的反应挺激烈的。当时还奇怪，不就一味草药，不至于那么激动吧？后来无意间翻阅奶奶的古籍药典，注意到麻黄是中药的主要发汗剂，"用之得当，一汗而愈；用之不当，则汗多亡阳，亦名祸于顷刻"，忽然就明白贾宝玉为何如此激动了。

再一次对麻黄感到好奇，是听我的同事说，麻黄是裸子植物，而且在裸子植物的进化关系研究中存在很大的争论，这让人有些意外。地球上现存的裸子植物约含83属1000余种，而人们熟知的裸子植物如苏铁、银杏、百岁兰、水杉等，多为一些听起来就觉得有故事的物种。

物种特点

灌木，高20~100厘米；茎直立或匍匐斜上，粗壮，基部分枝多；绿色小枝常被白粉呈灰绿色，径1~2毫米，节间通常长3~6厘米，纵槽纹较细浅。雄球花通常无梗，数个密集于节上成团状；雌球花2~3成簇，对生或轮生于节上。雌球花成熟时肉质红色，椭圆形、卵圆形或矩圆状卵圆形；种子包于肉质红色的苞片内，不外露，3粒或2粒。

在新疆荒野上很容易就能看见的麻黄，到底有什么不同？

麻黄是麻黄属（*Ephedra*）植物的总称。全世界麻黄属植物有50余种，主要分布在北半球和南美洲的干旱与荒漠地区。中国有10余种，大多分布在北方干旱地区及西南高山和亚高山地带。麻黄属植物的形态有较大变异，包括藤本、灌木和草本状灌木等。该属植物在地质历史时期曾广泛分布，科学家通过对地层中的化石进行研究后得出结论：麻黄属植物在过去曾遍布我国各地，最早出现于晚侏罗世或早白垩世。

新疆是麻黄属植物的主要分布地之一，比较常见的是中麻黄、膜果麻黄、木贼麻黄等。对野生麻黄资源的开发，已有几十年历史了。而对麻黄属植物的利用，则历史更为久远：在新疆的洋海古墓中，考古学家发现了保存完好的2500年前的麻黄，可见早在古代，麻黄的药用价值就已经被人们所认识。

本文主要介绍的是具有较强固沙能力的膜果麻黄和药用固沙兼而有之的中麻黄。在某种程度上，它们守护荒野的韵味似乎更足一些。

膜果麻黄属于灌木，它的根系非常发达，耐旱能力很强，多生长在固定和半固定沙丘、戈壁、干涸河床及山前平原上。在沙漠中那些水分条件比较好的沙丘上，你会看见它恣意蔓延、成片生长，完全是一副此地"地主"的模样，植物学家称之为沙漠中的优势种群。膜果麻黄不同于其他灌木状麻黄的是——它的雌球花成熟时，苞片在变大的同时变成一个干燥半透明状的薄膜，里面包裹着两三枚暗褐红色的种子。雌球花的苞片形成薄膜包裹种子的特殊形态，是它被命名为膜果麻黄的主要原因，而且它的膜质苞片有助于风传播种子。

膜果麻黄的木质茎非常明显，且植株较高，有时可达2米多高。因为其枝干的燃烧值很大，所以很多野生膜果麻黄会被荒漠区的牧民当作优质薪柴大肆砍挖。原本想靠着强大的木质茎安安心心守护荒野、稳固沙丘，不想这却成了它被人随意砍挖当作薪柴的原因，多少有些悲伤！

与之相比，中麻黄的知名度就大多了，因为它是药用麻黄的原植物。说到中麻黄，在普通人的视角里，就是在荒野上看到的"一种长着艳丽小果"的麻黄。估计很多六七月在野外看到过中麻黄的人都会认为,那娇艳欲滴、呈肉质状红色的小颗粒,就是麻黄的"果实"。其实,那是麻黄成熟的雌球花苞片,肉质多汁,可以食用,俗称"麻黄果",但却并非果实。只不过,它的种子确实包在苞片之内,这种鲜艳肉质的苞片有助于吸引动物啃食进而传播种子。

中麻黄也是荒漠中一种较好的固沙植物,它的根系很发达,主根可以垂直扎入土壤 1.5 米以下,且根茎的萌发能力非常强,属于给点养分就灿烂的类型,所以成熟中麻黄的根幅可以达到 6 米之深。中麻黄有种很奇怪的生长现象,就是当它的植株相对成熟后,会出现每年 5~6 月快速成长一次,7~8 月进入休眠期,到了 9 月再快速生长一次的现象,也就是说,它一年长两波,中间还夹杂着一个不长不短的"午睡"时间。

一说药用,很多物种就有点小命难保的"战栗"感。的确,因药用而造成野生种遭到严重破坏的例子实在不胜枚举。麻黄属植物的药用历史太久远了,在《神农本草经》中记载麻黄:"主中风伤寒头痛温疟,发表,出汗,去邪热气,止咳逆上气,除寒热,破症坚积聚。"中麻黄的麻黄碱及黄酮含

① 麻黄植株

摄影 范书财

量相对较高，且容易提取，所以野生中麻黄也属于不能幸免的亟待保护的物种。

我国一直是天然麻黄碱的主要出口国，作为主要原料供应区，新疆野生中麻黄的采割率曾高达80%，但有些地方的采割方式很不科学。麻黄碱主要存在于植株茎的髓部，地下的根部不含麻黄碱，可是许多采挖者并不知晓，直接连根挖起；还有一些采挖者，未到采收季节就开始采收，不仅造成了资源浪费，还使得野生中

① 中麻黄球果
② 麻黄植株

摄影 段士民

摄影 范书财

麻黄的自然恢复能力急剧下降。这些 度使野生中麻黄的分布面积锐减，特别是新疆玛纳斯县附近原本非常繁茂的野生中麻黄，曾因过度采挖、开荒种田及放牧等，资源遭到严重破坏，后来通过建立保护区才逐渐得以恢复。

为了解决中麻黄资源短缺的问题，西北地区已经有不少地方在干旱荒漠区进行了中麻黄的人工种植，建立起以中麻黄为主的次级防风固沙林，这样既可满足药用市场的需求，又保护了干旱荒漠区的生态环境。希望这些举措，能为野生中麻黄的生存提供更多空间，让它们依靠顽强的生命力，伫立于旷野之中，与风沙嬉戏，与荒凉做伴……

参考文献

刘蕾, 刘建军, 黄韶华, 等. 2004. 新疆麻黄资源的开发利用与保护. 干旱环境监测, 18(3): 146-147.

刘运东, 齐妍婷, 邱远金, 等. 2009. 麻黄属的地理分布与起源演化. 干旱区资源与环境, 23(6): 120-126.

刘运东, 王绍明, 王伟, 等. 2008. 新疆玛纳斯麻黄生态保护区植物群落特征及其多样性分析. 干旱区资源与环境, 22(7): 192-196.

马晓辉, 卢有媛, 黄得栋, 等. 2017. 中麻黄生态适宜性区划研究. 中国中药杂志, 42(11): 2068-2071.

沈观冕. 1993. 我国麻黄属的分类问题. 干旱区研究, 10(1): 39-48.

盐桦
梦里寻它千百度

干枯的浅褐色叶片，叶脉很清晰，略有几分零乱。深褐色的枝条，随意勾勒出几笔有弧度的线条，稀稀疏疏、静静地躺在泛黄的标本台纸上。没有太多艺术化的表现，只是普通标本最质朴的模样。但你就是觉得它美，不知道是什么魔力，让人的目光始终被它锁定。在久久凝视中，这份盐桦标本看起来竟像一幅油画了，从封尘的记忆中，缓缓向你走来。

我初次看见盐桦，是在中科院新疆生态与地理研究所标本馆的标本库里，和其他那些制作时非常讲究表现力和造型的标本不同，它特别质朴，反而生出几分植物标本的端庄与娴静。同事告诉我，这份标本很了不起，是珍稀濒危的木本盐生植物——盐桦的标本。盐桦是新疆的特有树种，属于平原荒漠湿地上分布的极小种群植物，其野生种群几近灭绝，1955 年由中

物种特点

灌木，高 2~3 米；树皮灰褐色；枝条褐色，无毛；小枝密被白色短柔毛及树脂腺体。芽卵形，芽鳞褐色，无毛。叶卵形，匍少菱卵形，顶端渐尖或锐尖，基部近圆形、宽楔形或楔形，上面无毛或疏被短柔毛，下面疏生腺点小坚果卵形，长约 2 毫米，宽约 1.5 毫米，两面的上部均疏被短柔毛，膜质翅宽为果的 1.5 倍，并伸出果之上。

科院植物研究所秦仁昌教授在阿勒泰地区巴里巴盖采集并命名。而我所看见的这份盐桦标本，就是由秦仁昌教授采集并赠送的。

再次见到盐桦，是2015年9月底在阿勒泰地区林业科学研究所（以下简称"林科所"）的珍稀植物资源圃里。这里有几株迁地保护移栽来的野生盐桦。当时正值初秋的黄昏，几株五六米高的盐桦，带着略泛黄的树叶在风中摇曳。夕阳洒落的余晖，映照在椭圆形的叶片上，散发着淡淡的金光。我疑惑，这么高大，原始文献中不是记载盐桦为直立灌木，植株高2~3米吗？时任阿勒泰地区林科所所长的王健解释说，桦树多数为乔木或小乔木，或许盐桦在平原分布为落叶小乔木，野生种在迁地保护地得到了很好的照顾，生长势头相对好一些。

说到桦树，很多人首先想到的是白桦林。在富饶的黑色沃土上，那拥有着油画般色彩、充满着各种传说的北方乔木。它们亭亭玉立，欲冲云霄；它们身披白衣，头冠金发；它们以泪为药，以木为器。从哪个角度看，它们都充满着迷人的气息和浪漫的基因，也不缺乏广泛的实用价值，深深被人们所喜爱。

但盐桦完全不一样，根据最初的志书记载，它生于阿勒泰地区海拔500米的盐沼泽地。依盐沼泽地带而生，是它的主要特性。它最基础的形态就是直立灌木或小乔木这种比较低矮的状态。在原始分布区内，气候干旱，冬季十分寒冷，生存区域的极端最低温度为-50℃，年平均降水量不过180毫米，但年平均蒸发量高达1900毫米，这样的生存环境充满了挑战，它面临的是"进一步便生，退一步便死"的困局，注定没有那么多迷人的气息和浪漫的基因。

也正因为如此，1984年盐桦被列为国家二级珍稀濒危植物，载入《中国植物红皮书——稀有濒危植物》。此后，阿勒泰地区再也没有发现新的野生盐桦种群。而盐桦的发现地巴里巴盖，却被辟为农场，野生盐桦在这里销声匿迹。

野生盐桦从人们的视野中消失，让国内许多生态学家和植物学家很不甘心。他们在一次又一次的野外调查中，试图找到野生盐桦新的种群分布地。20世纪80年代，北京大学的陈昌笃教授多次来新

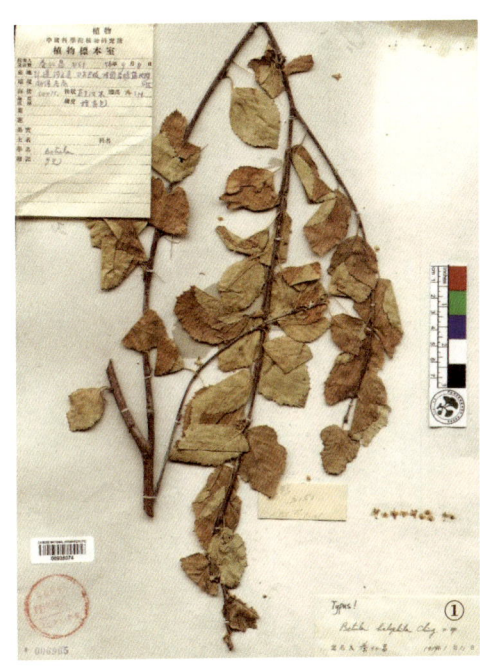

① 秦仁昌教授采集的盐桦标本

图片来源于国家植物标本资源库（http://www.cvh.ac.cn）

疆，在野外科考调查中，他在博尔塔拉蒙古自治州的艾比湖附近，发现了与盐桦非常类似的种群。同行的新疆师范大学海鹰教授采集了相关标本，但通过与秦仁昌教授所采集的标本进行比对，发现叶片存在一定的差异。由于没有果苞及种子的比对，无法确定具体的分类情况。治学严谨的海鹰教授随后将标本定名为艾比湖桦，并于2019年将该标本赠送给中科院新疆生态与地理研究所标本馆。

1996年，阿勒泰地区林科所高级工程师王健和新疆农业大学教授杨昌友等专家在阿勒泰市阿拉哈克湖（盐湖）边再次发现类似盐桦的天然种群分布，由于常年遭受牲畜啃食，高度仅在1米左右，数量达400多株。后来由于盐湖周边土地灌溉开发，盐湖水位上涨，淹没了这片林地。至2010年10月再去调查，发现已全部死亡。幸运的是，阿勒泰地区林科所发现时就采取了迁地保

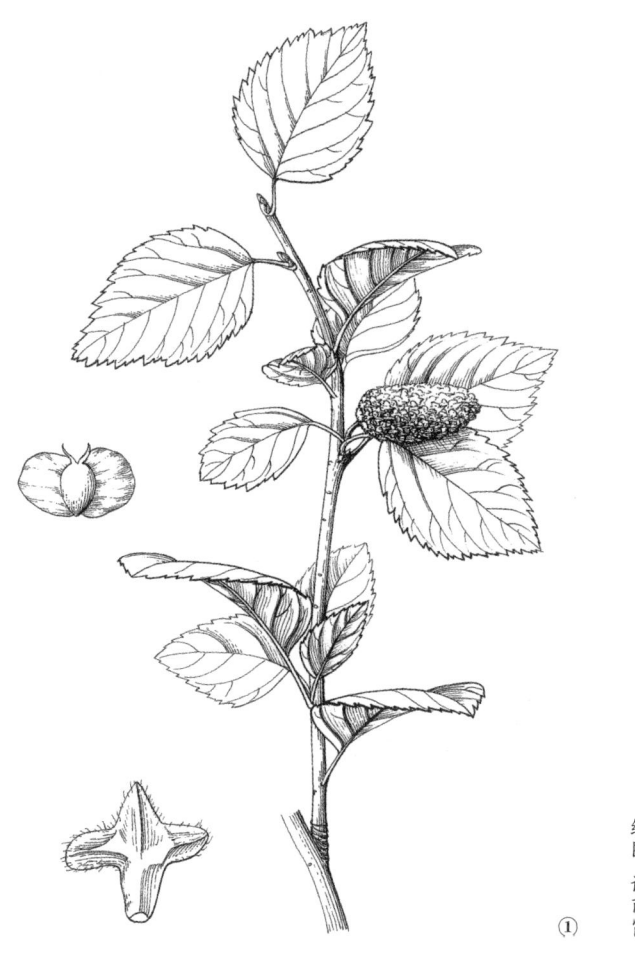

① 盐桦墨线图

绘图 谭丽霞

①

护措施，使得这片桦树的种源得以保存。根据迁移栽种的情况来看，所结种子与模式标本不符，且将引种的类似盐桦植株的种子苗和组培苗种在盐碱地上，第二年长出新叶之后部分引种植株就枯死了。阿勒泰地区林科所还将所繁殖的类似盐桦的苗木移入原生地——阿拉哈克湖边，结果植株极易死亡，和其他树种没有太大区别。这片桦树是否与秦仁昌教授认定的盐桦为同一种，还有太多需要证实的地方。

尽管如此，植物学家寻找野生盐桦的脚步从未停歇，在一次又一次盐桦分布地的野外调查中，他们期望能再次与野生盐桦不期而遇，目睹它的"芳踪"。但失望总是如影随形，几乎没有人再在原生地见过野生盐桦了。

很多研究者认为盐桦是比较独特的桦木科植物，它独特的地理分布和耐盐特征使其区别于桦木科的其他植物，具有重要的植物系统学与区系地理学研究意义。同时，盐桦具有极强的耐盐能力，对促进干旱、半干旱地区盐碱地造林、盐碱地绿化等具有很高的生态价值。这也是专家学者一直孜孜不倦找寻野生盐桦的原动力。

野生盐桦为何如此轻易地就从人类的视线中消失了？科研人员在多年的研究中发现，一年生盐桦幼苗的耐盐阈值约为 1.74%，但其种子萌发期的耐盐阈值仅为 0.2%。种子的萌发能力和耐盐能力往往影响着植物种群的分布范围。原生地的生态环境遭到严重的人为破坏，以及相对较低的种子耐盐阈值，很有可能是导致盐桦濒临灭绝的重要原因。

原生地人为破坏，已经成为许多物种灭绝的主要原因，就连生活在人迹罕至的盐湖沼泽旁的盐桦，也不能幸免。那些在阿勒泰市阿拉哈克湖边发现的 400 株类似野生盐桦的桦树，也在短短几年时间里，因为垦荒和放牧而消失了。到底还要有多少物种，在人类不知不觉的领地扩张中"死于非命"？我们在百转千回间寻找的野生盐桦，会不会蓦然回首，它就在灯火阑珊处？或许，这只是我们美好的愿景……

参考文献

雷春英, 王雷, 吉小敏, 等. 2019. 国家二级珍稀濒危植物盐桦研究进展. 江苏农业, 47(24): 16-19.

李宏, 邓江宇, 张红, 等. 2019. NaCl 胁迫对盐桦幼苗生理特性的影响. 西北植物学报, 29(11): 2281-2287.

李沛琼. 1979. 中国桦木科新分类群. 植物分类学报, 17(1): 87-91.

王健, 杨昌友. 2010. 盐桦之考证. 第八届中国林业青年学术年会.

野巴旦杏
油画里的静谧美人

都说新疆是一幅美丽的画卷，但一幅画卷怎能全部囊括新疆之美？它太特别，太丰富，太没有章法可寻。所以，不同的地区，人们常常会用不同的绘画技法来描绘其景色带给人们的不同感受。比如，到了塔城地区，人们不自觉地就会认为自己走进了一幅浓郁的油画，所到之处，色彩之浓艳，景色之绮丽，植物之芬芳，大地之壮美，所有那一切，会让你无法自拔地将身心游荡于其中。

而在塔城地区，巴尔鲁克山就成了这幅油画上，最浓墨重彩的一笔。本文要带你认识的野巴旦杏，就生长在巴尔鲁克山的核心区。作为珍贵的新生代第三纪孑遗物种，野巴旦杏"躲"在巴尔鲁克山国家级自然保护区的深山秘境中，悄无声息地绽放着、繁衍着，犹如一位身处静谧山谷的美人，恬淡而宁静，与世无争。

物种特点

中型乔木或灌木，枝直立或平展，无刺，具多数短枝，幼时无毛，一年生枝浅褐色，多年生枝灰褐色至灰黑色。花单生，先于叶开放，着生在短枝或一年生枝上。果实斜卵形或长圆卵形，扁平；果肉薄，成熟时开裂；核卵形、宽椭圆形或短长圆形，核壳硬，黄白色至褐色；种仁味甜或苦。

野巴旦杏原产于欧洲东南部和亚洲中西部，但在欧洲，它已经成了化石，目前仅在哈萨克斯坦和中国新疆北部有少量的天然分布，也属于被称为"活化石"的植物。说到这里，大家可能有些疑惑，新疆南部喀什地区不是有大量的巴旦杏吗？需要说明，喀什地区种植的巴旦杏是随古丝绸之路由波斯引进并进行人工栽培的，巴旦杏在新疆的栽培历史至少已有1300年。而野巴旦杏千万年来只残遗分布在巴尔鲁克山、阿尔泰山和天山西部的局部区域。巴尔鲁克山有着世界上面积最大的野巴旦杏林。

野巴旦杏学名矮扁桃，蔷薇科桃属扁桃亚属，属于落叶小灌木，枝条错综交叉。喜欢一棵紧挨着一棵地生长，其所在之地植株密密实实的，其他植物基本插不上脚，它们喜欢聚集在一起生长，属于标准的"抱团取暖"型。它的根扎得并不深，一般在10~50厘米，这与它生长地的环境关系密切，多为混有砾石的淡栗钙土，本身土层就不是很厚。为了确保其生长不受影响，野巴旦杏进化出庞大的侧根，深或者广总要占一样，毕竟根是养料供给的源头。

不同于桃花和杏花，野巴旦杏是先长叶子后开花，所以它的花被新生的嫩叶衬托得格外娇美。在巴尔鲁克山，野巴旦杏自然保护区约有10万余亩，连片成林的有2万多亩。每年4月中下旬至5月上旬是野巴旦杏的开花时节，巴尔鲁克山巅终年不化的积雪和山脚下一望无际的碧草之间，出现一片粉红色的花海。微风轻抚花海，淡淡的清香飘向四野。雪山之坚毅，春花之妩媚，碧草之丰茂，被锁定在同一个画面中，所谓春色撩人，大概说的就是这番景象。

但是，说到野巴旦杏的果实，却远没有想象中饱满可人。虽然在中科院新疆生态与地理研究所标本馆的展柜里见过野巴旦杏的果实，但2016年6月在巴尔鲁克山国家级自然保护区见到实物的时候，我还是被它那干瘪瘦小的果实给刺激了。这么小的果实，大的也不过拇指盖那么大，实在不能跟市场上买的巴旦杏相比。"不仅小，它的果实还是微苦的，但这是基因宝库，那些香甜可口的人工驯化种，都来源于它，它是那些驯化种的祖辈"，同行的新疆师范大学的海鹰教授笑着说。

"那意思是老祖先不好看,但后代经过人类驯化就越来越俊俏了?"我问。海鹰教授说:"你可以这么理解,很多野生种既不好吃,也不好看,它们经过人类驯化,就成了我们餐桌上可口的美食了。但这些不好吃不好看的基因库,一定要守好,这是物种长久繁衍生息的根本,绝不能遭到破坏。"

说到保护,这片林子可一直没有被耽误过。1977年巴尔鲁克山上这片野巴旦杏林被发现,到1980年就建立了"新疆野巴旦杏自然保护区",2005年保护区扩大面积并更名为"新疆巴尔鲁克山自然保护区"。可见,对这片

摄影 努尔巴依

摄影 努尔巴依

① 野巴旦杏的花朵
② 野巴旦杏是先长叶子后开花,它的花被新生的嫩叶衬托得格外娇美

①
—
②

野巴旦杏林的保护,早早就开始了,保护地的人为干扰被很大程度地降低了,但其濒危的境况并没有得到完全遏制。

在保护区,科研人员发现,野巴旦杏可以通过种子繁殖,也可以通过根蘖繁殖,也就是说,它既可以有性繁殖,也可以无性繁殖,这使得保护区内野巴旦杏的适生幼苗随处可见,但其结果率却很低。科研人员根据多年的布点监测发现,野巴旦杏每年4月中旬就开始开花了,而这正是巴尔鲁克山晚霜冻频发的时期,刚开花,就遇到零下十几摄氏度的低温,自然结果无望了。而其强大的根蘖繁殖能力,并不能使得野巴旦杏向外围寻找生存空间,所以保护区成立了多年,其生长范围一直没有向外扩展。加上2000年一场境外草原火灾延伸到境内,使得400公顷的野巴旦杏林过火,受到严重损失。所幸其根蘖繁殖能力比较强,有一部分野巴旦杏很快得到了修复,但依然不是很繁茂,所以其濒危物种的属性日渐凸显。

① 野巴旦杏每年4月中旬开始开花
② 野巴旦杏的果枝

① | ② 摄影 努尔巴依

新疆大学的努尔巴依教授告诉我，巴尔鲁克山其实是一座巨大的生物基因库，目前的野外调查显示，仅植物就有81科444属1178种，其中重点保护珍稀植物有21种，所以不仅核心区不能进行旅游开发，对外围也应该进一步加大保护力度。对于野巴旦杏的保护，不能单纯只从一个物种入手，而是要保证整个区域生态系统的平衡，才能让这个孑遗物种更好地适应环境，更好地繁衍生息。

经历了地理环境的巨大变迁，经历了千百年的风霜洗礼，野巴旦杏"躲"在山麓沟谷之间，依然在春天绽放最甜美的花朵，依然在深秋用红叶招展风采，依然安心享受阳光雨露，依然全力抵御严寒瘠薄，在那样一幅浓郁的油画中，显示出不一样的静淡之美，这或许是地球留给人类最好的馈赠之一。

参考文献

塔吉古丽·艾麦提，努尔巴依·阿布都沙力克，王燕燕. 2011. 新疆巴尔鲁克山自然保护区生物多样性及保护对策研究. 北方园艺, (21): 73-77.

汪智军, 靳开颜. 2014. 新疆野巴旦杏分布特点及濒危因子分析. 北方园艺, (23): 43-45.

曾斌, 罗淑萍, 李疆, 等. 2008. 新疆野巴旦杏天然居群叶片性状表型多样性研究. 新疆农业科学, 45(2): 221-224.

猪牙花
跌进泥坑也妖娆

每个人的内心深处，都会留一片净土，用来守护那些美好的东西。这种源自内里、对美的期望，是我们在丰繁复杂的世界里能够不断前行的原动力。所以，很多父母在给孩子起名字的时候，期望用尽世间美好之词，不过往往事与愿违，有些时候真的会名不符实，让人失望。

不过，在植物界，名不符实的情况似乎更为多见，如明明美若鸢尾却被叫得粗俗至极的猪牙花。乍一听到这个名字，再看看这花，真让人觉得不可理喻，命名者对这种植物得有多大的厌恶感？或许，有别的理由⋯⋯

我第一次见到猪牙花，是在别人的电脑桌面上。

"什么花，这么艳丽妖娆？"

"猪牙花。"

"你说什么？竹崖花？它喜欢生长在竹子

物种特点

植株全长25~30厘米，茎约1/3埋于地下。鳞茎长5~6厘米，宽1厘米，近基部一侧常有几个扁球形小鳞茎。叶2枚，对生于植株中部以下。花单朵顶生，俯垂；花被片披针形，长3.5~5厘米，宽7~11毫米，紫红色，下部有近三齿状的黑色斑纹；花被片内面一基部有4个胼胝体，两侧各有一个近卵状半圆形的耳。

① 猪牙花的初苗

摄影 杨宗宗

旁边吗?"

"野猪的猪,獠牙的牙,花!"

"啊?这都是什么名字?好端端一朵娇媚的花,瞬间跌落到了泥坑里!有学名吗?"

见我不依不饶,同事有点烦了,拿出一本植物志给我说:"去自己查吧,人家的学名就叫猪牙花!"

好吧,我被现实打败了,它确实叫猪牙花,而且根本不是乱起名,有根有据的说法有两种:其一,植物的花被片反折,很像野猪的獠牙;其二,猪牙花的地下鳞茎,长得很像野猪的獠牙。

早在1841年,俄国植物学家Fisch和C.A.Mey就首次向人们描述了这种植物。新疆猪牙花是百合科猪牙花属多年生短命植物,分布在北半球西伯利亚至中亚的寒温带地区。而在国内,新疆猪牙花(*Erythronium sibiricum*)则多分布在阿尔泰山区,生长于海拔 1100~2500 米的西伯利亚落叶松林下。

在春季的古尔班通古特沙漠里，短命植物和类短命植物很常见，一眼看过去，大概就会有好几种短命植物出现在你的视野范围内。因为那里春季气候温和、光照充足，让原本冷漠的荒野多了几份孕育生命的柔情。而同为类短命植物的新疆猪牙花，生存环境就没有那么惬意舒适了。

新疆猪牙花生长在高海拔、高纬度的阿尔泰山，这个区域，冬季属于绝对的严寒地带，积雪厚实，冷空气频频来袭。即便是到了春季，当地的气温也远低于它处。在初夏的生长期里，新疆猪牙花上层的西伯利亚落叶松开始生长枝叶了，会严严实实地遮挡住林下的阳光，造成新疆猪牙花的季节性光照不均。

不过，再不利的生存环境，也阻挡不了一株具有强大生命力的植物想要开花、结果、繁衍生息的毅力。春天的影子还看不到的时候，新疆猪牙花仿佛已经知晓时节般，开始在冰雪下顶冰萌发了。事实上，它的地下鳞茎和鳞叶已经度过了长达 10 个月左右的休眠期。所以，一旦气候适宜，新疆猪牙花的生长发育速度就很快，年苗在萌发后的第二天便开花，花朵艳丽，娇嫩欲滴，却也因反折而起的花被片，多出几份犀利的姿态来。虽然花期只有一周左右的时间，它却用美好定格了短暂一生的印记。

开花之后，新疆猪牙花不断加快生长速度，在乔木冠层封闭前，用短短 40 天的时间，完成当年的全部生活过程，以应对光照对其生长造成的限制。到了 6 月底，种子成熟后，它地面部分的植株就枯萎死亡了，而地下部分的鳞茎和鳞叶则进入休眠期。

喜欢生长在西伯利亚落叶松林下的新疆猪牙花，植株非常矮小，周围光线很弱且环境温度比较低，这就造成了前来访花的昆虫非常稀少。然而，植物也有智慧，它通过强烈反折的花被片、多样的花色、较长的单花花期引起昆虫觉察，在条件不利的情况下顺利完成授粉、繁殖的关键环节。

石河子大学马淼教授团队的研究发现，新疆猪牙花的叶片生长更智慧，叶片大而薄，角质层不明显，这种状态一方面增大了光合作用的面积，另一方面减少了对光的反射，

① 猪牙花翻折的花被片
② 猪牙花紫白色的花

有利于对林下阳光的有效捕获,从而提高叶片的光合效率。重要的是,新疆猪牙花的叶肉有海绵组织与"拟栅栏组织"的分化,后者的细胞呈长柱形,其长轴方向与叶表皮方向平行,多层排列,这就能有效提高叶绿体对光能的捕获效率,这是新疆猪牙花对林下弱光生境长期适应的结果。

据说蚂蚁很喜欢新疆猪牙花的种子,因为种子上有一种被称为油质体的器官——蚂蚁喜欢食用这种物质,所以会带回蚁巢,猪牙花的种子也就借由蚂蚁的搬运而散布到远方。连种子的传播都充满了智慧,看来猪牙花真不是一种简单的植物。

虽然名字很落俗,但它一直备受哈萨克族人的喜欢,是哈萨克族牧民经

① | ② 摄影 杨宗宗

常食用和药用的植物。哈药配方中提到的"别克"或"别克参"就是新疆猪牙花的多年生鳞茎。而且最新的研究发现，猪牙花80%的乙醇提取物有着良好的抑菌效果及较强的抗氧化作用，且微量元素含量较高，具有很高的药用开发价值。

参考文献

马智, 马淼, 赵红艳. 2012. 类短命植物新疆猪牙花解剖结构及其生态适应性的研究. 广西植物, 32(3): 304-309.

白番红花
笑对冰雪不负春

需要怎样的生命力，才能顶开冰雪，迎着料峭寒意，绽放出娇嫩欲滴的花朵？望着那拉提草原上尚未消退的冰雪，以及与冰雪相互映衬的淡绿色草地上那成片开放的白番红花，对生命发自内心的敬意充斥着我的脑海。

在新疆民间，人们常常称这种花为"顶冰花"，因为总是在冰雪尚未消融殆尽之时，它就迫不及待地从冰层中探出柔嫩的枝丫，用清雅静淡的花朵，勇敢地宣告春天的到来。白番红花是草原上最早绽放的花朵之一，一夜之间便开满了整片山坡，让人瞬间领略"春风一夜来，万花展芳华。"

而事实上，它和真正意义上的顶冰花差别很大，虽同属百合目植物，但白番红花（*Crocus alatavicus*）是鸢尾科植物，而学术意义上的顶冰花是百合科植物。

物种特点

多年生草本。球茎扁圆形，直径1.2~2厘米，外有浅黄色或黄褐色的膜质包被；根细弱，黄白色。植株基部包有数片黄白色的膜质鞘状叶。叶6~8枚，条形，边缘内卷，表面绿色，背面浅绿色。花茎甚短，不伸出地面；花白色，直径约2.5厘米。种子为不规则的多面体，浅棕色，表面皱缩，一端有乳白色的附属物。

我第一次听到这个名字，是从新疆摄影三剑客之一的范书财老师那里听到的。不过刚刚4月初，他就旋风一样冲进办公室拎起他巨大的相机，扔下一句话："我去赛里木拍白番红花了。"然后开着车绝尘而去，留下一脸迷惑的我。一个拍尽繁花和美景的专业摄影师，是什么力量让他如此兴奋和激动？那一定不是普通的花，我暗自思忖。

很显然，我判断失误，从种群的普泛意义上，白番红花并非稀缺种。在新疆，这是一种常见的野花，生于天山海拔1550~2100米的阴湿草甸及半阳坡的草地上，广布于伊犁河谷，是天山西部亚高山带的多年生早春短命植物。

为了适应早春和高海拔的恶劣环境，我们看见的白番红花在盛花期并非一直招展花姿，它会在晴天的每日早晨开放，晚上闭合。而到了阴天或风雪天气，则一直处于闭合不开的状态，它的这一特性为其成功授粉、繁育提供了保障。白番红花的花期很短，仅有6天左右的时间。而在这期间，往往会遇见春雨，淋雨后的白番红花花瓣呈半透明状，在茫茫旷野之中，显得特别娇嫩柔美，所以引得很多游客冒雨赏花，不失为浪漫之举。

如此娇嫩的花瓣，怎会顶着冰雪冒出地面，展露出迷人的花姿？到底是什么支撑了它旺盛的生命力？科研人员在多年的研究中发现，白番红花具有在地下结出果实的特性。也就是说，白番红花的花芽是在地下球茎中完成分化的。而且，它的子房也在地下，但花的其他器官则在地上。可以这么说，在我们看到盛开的白番红花时，它的子房将继续在地下孕育1个月左右结出果实。

有趣的是，白番红花的地下果实在花梗的生长作用下，到了该成熟的季节，就露出了地面。果皮沿着背缝线开裂，露出房室内的种子，将其完全暴露在旷野之中，一副任尔自生自灭的样子，但这一点也不影响它的繁衍生息。地下结实的特性不仅避免了在饲草匮乏的早春时节被食草动物啃食，更躲避了严寒多变的天气对果实生长的影响。

说到种子，又让白番红花多了一份有趣的因子。它的种子是浅棕色不规则的多面体，一端附带有乳白色的油脂。或许因为这样的特性，蚂蚁对其种子的传播竟然有非常重要的作用。其实蚂蚁并非帮忙搬运传播种子的义工,而是因为白番红花的种子附带有丰富的油脂,蚂蚁喜欢食用,结果就从另一个层面促进了种子的传播和转移。特别是栗色林蚁,对白番红花种子的运输不但快而且远。科研人员发现,蚂蚁的搬运传播,帮助了白番红花长距离传播种子,减少了同胞之间生长资源的竞争。

当然,白番红花的种子也有以水或风作为媒介进行传播的。6月下旬,白番红花的果实开始成熟,而此时,正是天山山区降水最为频繁的季节,那些裸露在地表的种子,会随着雨水的流淌而传播;当然,白番红花也会像许许多多植物种子的传播一样,随风而行。白番红花有不少种方式,让种子在

摄影 迟建才

摄影 范书财

① 白番红花在盛花期的晴天,每日早晨开放,晚上闭合
② 盛放的白番红花

①
—
②

① 倒卧的白番红花
② 白番红花的花期很短

更广阔的天地里播撒。所以,一般情况下,你所看到的白番红花,一开就是一整面山坡,足以证明其生命力的旺盛。

新疆农业大学谭敦炎教授的团队在对白番红花的多年研究中发现,在自然生境中,白番红花的种子未能充分发育的胚在初夏开始生长,到了初秋才长出胚根,然后开始休眠,直到第二年春天,胚才继续发育。这样的种子休眠模式,是对温带地区季节循环的一种适应。而且,种子的休眠可以保障物种在不良环境中的留存,也可以防止幼苗和母体及同胞之间的生长竞争。

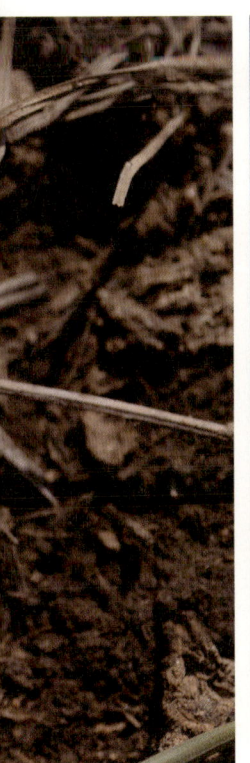

① | ② 摄影 迟建才

在各种花语盛行流传的今天，网络上对白番红花总结出来的花语是——我在等你，很美妙的寓意，或许，这与它孕育了整个寒冬而盛放在冰雪尚未完全消融之际有某种关系。漫长的冬季，并不能停止它对春的思念，在料峭寒风中，动用全部的力量，绽放出娇艳花朵，诠释等待的激情。

参考文献

付子燕，谭敦炎. 2013. 地下结实植物白番红花地下果实的生产与种子扩散特性. 生物多样性，21(5): 582-589.

淡紫金莲花
雪域梦中花

每当三伏天,炎热便如影随形,到处是扑面而来的热浪,生活在城市里的人,有种无处遁形的感觉。对于生活在天山山麓周边城市群中的人们来说,借城市不远处的天山山脉消夏,既是精神享受,又是视觉盛宴。那里不仅是天然氧吧,更是各种植物的沃土。

在天山山脉海拔 2600~3500 米的高山草甸和云杉林边,生长、绽放着的淡紫金莲花,犹如雪域梦中花一般,带着大山冰爽宁静的气息。在户外运动极为盛行的新疆,很多徒步者爬山爬到微热时,不经意在草丛或悬崖边看到它,就会被它的美所震撼。在条件这样艰苦的旷野中,看到如此仙气十足的娇嫩花朵,多少让人有些意外。

淡到不易分辨颜色的紫色或蓝色花萼,犹如透明的羽翼,娇嫩柔弱,在鹅黄色花蕊的衬

物种特点

植株全部无毛。须根粗壮,长达12厘米,直径达2.5毫米。茎高10~28厘米,疏生2叶。花单独顶生,直径2.5~3.5厘米;萼片15~18片,淡紫色、淡蓝色或白色,倒卵形、宽椭圆形、椭圆形、间或卵形,长1.2~1.6厘米,宽0.55~1.4厘米,顶端圆形,有时急尖或微钝,生不明显小齿;种子长约1毫米,椭圆球形,光滑,有少数不明显纵棱。

摄影 杨宗宗

① 淡紫金莲花的生存条件相对恶劣

托下,更加显现出淡然的仙气。和很多以花株为主要形态示人的植物不同,它的美,少了几份妖娆和侵略感,多了几份超凡脱俗和遗世独立。

  坚韧的绿色茎秆,初绽时花萼是蓝紫色,盛开时叶片乳白和淡蓝相间,仿佛是把草甸的碧绿、天空的湛蓝和雪山的洁白各取其色有机融为一体。一朵小小的淡紫金莲花,似乎糅合了天山所有的灵性……

  淡紫金莲花隶属于毛茛科金莲花属,为多年生草本植物。金莲花属植物的花萼多呈金黄色,唯有淡紫金莲花的萼片呈淡蓝紫色。花萼特化为花瓣状,不仅为花内的繁殖器官提供了保护,还在严酷生境中吸引了有限的传粉者。植物全株无毛,花先于叶开放,其花单独顶生,直径2.5~3.5厘米,有15~18片萼片,呈淡紫色、淡蓝色或青白色。其主要生长于天山山脉,在西伯利亚及中亚地区也有分布，是俄罗斯植物红皮书收录植物。

资料显示：金莲花属（*Trollius* L.）是林奈于 1753 年在《植物种志》中建立的毛茛科中的一个小型属，以叶掌状分裂，花瓣存在，有蜜槽。日本学者 Tamura 在《自然植物分科志》的再版（1995）中指出：金莲花属的属名来自德语词汇 Trollblume，英文意为 rounded flower，即"圆形的花"。金莲花最早在唐代日僧圆仁的《入唐求法巡礼行记》中就有记载，作为药用植物由来已久，始载于《本草纲目拾遗》。现代药学研究表明：金莲花属植物的主要成分为生物碱、黄酮类，具有消炎、抗病毒等作用，对多种细菌有抑制作用。但淡紫金莲花是否有药用作用并没有明确的研究。坊间传说其有药用价值，引来了人们对其的大肆采挖。

淡紫金莲花的生存环境并不怡人，生存条件也相对恶劣。一般情况下，它生活在海拔 2600~3500 米的区域，不少地方常年积雪，气温极低，冬季长达 6 个月，有的生存区域最低气温甚至接近 -40℃。并且，因为流水和冰川冲刷搬运的作用，其生存的土壤非常稀薄，土壤颗粒也比较粗糙，这是世界上众多美丽的花朵所不能忍受的严苛条件。而淡紫金莲花却高傲地绽放在雪线附近，为了生存扎根下去，汲取土壤中的养分，以顽强的生命力对抗这严苛的自然环境。

我们很好奇它的根系到底是怎样的结构，能够在这样恶劣的环境中存活。事实上，淡紫金莲花须根粗厚，盘根错节地扎根在苔藓、地衣、分解岩石形成的浅薄土壤中，十分脆弱，有些土壤层甚至需要经过几百万年时间，才能缓慢形成。所以，肆意的采挖，或将其连根拔掉，不仅会破坏其生长的土壤层，难以恢复原有肥力，而且会加速淡紫金莲花生存环境的破坏……

淡紫金莲花以前在天山山麓极为常见，七八月份在山区徒步，到处可以看到其身影。但自从网上流行起了将淡紫金莲花当作花茶来享用后，其数量急剧下降。现在，在乌鲁木齐市周边的苜蓿台、白杨沟等地，已经极少见到它的身影了。我们尝试在海拔 3000 米左右的达坂附近搜寻，走了 5 千米，也仅见到六七朵。淡紫金莲花维持着"一花，

① 淡紫金莲花扎根在浅薄的土壤中
② 盛放的淡紫金莲花的花萼多呈金黄色

一茎,一地,没有丛生"的状态,花期也仅有 7 天左右的时间。随着天山山脉的冰雪消融而逐步绽放;随着 8 月到来,冰雪逐步消融殆尽,它也就逐渐枯萎了,犹如昙花一现般,令人难忘。

很多中国人,都以"吃"为人生之幸事,遇到一个新鲜物件儿,第一个问题多是"它能不能吃?"或许,正是这样的一种文化理念,让不少生物熬过了各类恶劣的气候和环境生存下来,却不幸终结在"舌尖的美味"

① | ② 摄影 杨宗宗

上。尚没有定论是否有药用价值的淡紫金莲花，正面临"被吃尽"的困局，希望人们珍惜这与恶劣环境相抗争的雪域梦中花，不要再进行大肆挖掘，给淡紫金莲花留一点生存空间，为世间留一份美好……

参考文献

中国科学院中国植物志编辑委员会 . 1979. 中国植物志（第二十七卷）. 北京：科学出版社 .

小果雪兔子
雪线上哭泣的萌呆植物

准备写本文前,刚去看过电影《雪怪大冒险》,故事的结局很唯美:雪怪和人类冲破壁垒,消除误解,共生共存。可惜那是童话,现实没有那么美好,小果雪兔子"躲"在海拔5000多米人迹罕至的悬崖峭壁上,依然逃脱不了被人类破坏挖掘的命运。

第一次见到小果雪兔子,是在图片上,毛茸茸的一团,还有好多嫩黄色的小触角,这副模样立刻吸引了我的注意力。这居然是一种植物,也太可爱了。后来知道它有一个非常形象的名字——小果雪兔子,还没等兴奋发酵,立刻就有人告诉我,小果雪兔子经常被人当成像雪莲一样的仙草良药被挖来卖给游客。怜悯之心马上涌动,我萌生念头一定要写一写这种生活在海拔5000多米山崖上、濒临灭绝的植物。

物种特点

茎高2~12厘米,密被白色棉毛,基部被残存的叶柄。基部叶与下部茎叶线形,长2~6厘米,宽3~6毫米,顶端急尖,边缘有锯齿或羽状浅裂,基部渐狭成短柄,两面密被白色棉毛;最上部茎叶小,常向下反折,边缘全缘或有稀疏锯齿。头状花序多数,密集于膨大的茎端排成半球状的总花序。

小果雪兔子（*Saussurea simpsoniana*）是菊科风毛菊属植物，主要分布在新疆的帕米尔高原，海拔5000多米的高山流石滩、山坡岩缝、山顶的砂石地，是它的生命摇篮。可以想象，这里并不具备良好的生存环境，除冷之外，还有孤独。因为没有多少植被可以在这样高寒稀氧、土壤缺乏肥力的地方迸发出生命的活力。所以，与它相伴的是同样珍稀的植物——雪莲。而人们常常会认为它是与雪莲有着同等药效的仙草，对它进行破坏性的采摘，给本来就残酷的生存环境平添一抹凶险的色彩。

小果雪兔子的植株高度不过2~12厘米，植株上部浓密的披着一层白色的棉毛，顶部的冠毛呈淡褐色，它生长在悬崖岩壁上和千年冰封的雪野里，很容易与周围环境融为一体而不易被发现。或许，这正是它保护自己的方式。

植物学家发现，小果雪兔子的茎不一定发育，但并不影响它的生长。如果茎发育，则会长成棍棒状或顶端膨大。如果它的茎不发育，则整个植株就像个莲座。多数小果雪兔子是头状花序，密集于茎端并排成一个扁平的平面，或者长在莲座状叶丛之中。我们所看到的毛茸茸的"小脑袋"，就是它白色或褐色的冠毛。

和很多生活在高山深处的植物一样，小果雪兔子的花果期也是在每年的8~9月。但它不是每年都开花，它属于多年生一次结实的草本植物，从种子萌发到开花需要几年才能完成，而开花就意味着生命到了尽头。小果雪兔子开花后会产生种子，来延续后代。而8~9月，也正好是很多牧民和登山者上山的时间。于是，它便有了在劫难逃的厄运。

其实，小果雪兔子身上所谓的药效，在许多常见、可以人工栽培的植物体内也存在，并且更容易得到。但是在很多人的概念里：难以得到的东西必定是好东西！所以，虽然功效相同，但人们更愿意相信生活在雪域高原上的小果雪兔子是仙草，药效会更好，这也是它们厄运的开始。但是，被人们乱采乱挖的小果雪兔子并没有卖出高价来，我在昆仑山区了解了一下，不过几十元一斤，折合下来，一朵不超过两元钱！如此贱卖，实在与其"孕育成长几年才开一次花，结果之日便是死亡之时"的生长经历不匹配。

小果雪兔子是高寒山区流石滩上脆弱的食物链的一环，因为其能吸引大量

聆听荒野　荒漠中的生命之美

① 顶着冰雪生存的小果雪兔子
② 悠然生活在雪山悬崖上的小果雪兔子

摄影　阎克华

摄影　阎克华

①
―
②

昆虫，提高了流石滩上其他植物的授粉概率，确保了这些低等植物的繁衍，也确保了流石滩的生态平衡，它是高山区流石滩食物链上不可或缺的一员。但乱采乱挖的人们不理会这些，在他们看来：无人居住区的生态环境，从来都是一个"伪命题"，不过是挡住他们的财路的"幌子"。

在人类活动愈演愈烈的今天，许多植物都在走向灭绝，尤其是那些生长在遥远高原上、远离人类聚居区的植物。各种"神药"的噱头，给生活在恶劣环境中的植物带来了灭顶之灾。原本在雪山深处生机勃勃生长的天山雪莲，已经被人们挖成了"濒危物种"。而小果雪兔子因为与雪莲有着相似的外观

① 与其他植物伴生的小果雪兔子
② 蝴蝶为小果雪兔子传粉

与生境,也被人们采集、售卖。

在写本文的过程中,我脑海里都在闪现《雪怪大冒险》中的镜头,虽然《雪怪大冒险》是一部动画片,但它真正地揭示了一个现象:自然界的很多生物,如果想安然地活着,最好别被人类发现。原本悠然生活在雪山悬崖上的小果雪兔子,因为遇到了人类,因为网络力量的传播,加速了消亡的速度。-30℃的低温没有灭了它,稀薄没有肥力的土壤没有绝了它,高山流石滩的干涸没有杀死它,而人类无止境的贪欲却将它送上了不归路。

在整个采写过程中,最让我欣慰的是驻守在帕米尔高原红其拉甫边境的边防官兵,他们把小果雪兔子当成自己的好朋友。红其拉甫边境生存环境恶劣,

① | ② 摄影 阎克华

很难成活什么植物,如此可爱的小果雪兔子就成了官兵们"悬崖花园"里的贵宾,他们不仅舍不得采挖,看到有牧民乱采乱挖,他们还会去制止。虽然这种力量并不足够维护整个小果雪兔子种群的生态环境,但多少让我们有些欣慰:在这条边境线上,它们得到了呵护。

参考文献

祝建波, 王重, 周鹏. 2006. 小果雪兔子的组织培养. 华北农学报, 21(6): 59-62.

雪莲
旷野觅仙踪

公元756年，41岁的岑参第二次出塞西域，在交河做幕僚的他，用一首《优钵罗花歌》，淋漓尽致地表达了自己的怀才不遇。诗中写道："白山南，赤山北。其间有花人不识，绿茎碧叶好颜色。叶六瓣，花九房，夜掩朝开多异香。""耻与众草之为伍，何亭亭而独芳。何不为人之所赏兮，深山穷谷委严霜。吾窃悲阳关道路长，曾不得献于君王。"

岑参诗中所写的优钵罗花，就是如梦如幻、傲立于冰碛岩石之上的天山雪莲。之所以让岑参如此感慨，大概是因为和彼时他所经历的时事有着千丝万缕的关系。然而，天山雪莲作为一种具有"高冷范"的植物，的确有着诗中所描绘的"耻与众草之为伍，何亭亭而独芳"的特性。如何能靠近那雪域梦中花，一直是很多人向往和牵念的。

物种特点

多年生草本，高15~35厘米。根状茎粗，颈部被多数褐色的叶残迹。叶密集，基生叶和茎生叶无柄，叶片椭圆形或卵状椭圆形，边缘有尖齿，两面无毛；最上部叶苞叶状，膜质，淡黄色，宽卵形，长5.5~7厘米，宽2~7厘米，包围总花序，边缘有尖齿。头状花序10~20个，在茎顶密集成球形的总花序，无小花梗或有短小花梗。

在湛蓝天空、晶莹冰雪的映衬下，天山雪莲的美，有别于那些在温柔花圃里绽放的花朵，它缺少一种柔媚的风韵，自带些许的高冷、孤傲，有一种遗世而独立的既视感，仿佛是某种清冷决绝的情绪，一直萦绕在其周围让你不由地心生敬畏之意。

或许，你很难想象，这如莲花般娇嫩的花朵，能始终坚守在海拔2500~4500米的高山地带，不畏严寒地在悬崖陡壁上、冰碛岩缝中，寻找着些许生机。你大概也无法想象，天山雪莲可以破冰而出，在0℃时就开始发芽，3~5℃时缓慢生长，而其幼苗则可以经受-21℃的严寒，在高山之巅一次又一次的风雪摧残中吐露芳容。或许是它的生境，赋予了它那种清冷决绝的气质。

摄影 范书财

摄影 范书财

① 生长于绝处的雪莲
② 雪莲自带些许的高冷、孤傲，有一种遗世而独立的既视感

①
—
②

雪莲花 [*Saussurea involucrata* (Kar. et Kir.) Sch.-Bip.] 隶属于菊科风毛菊属，天山雪莲是新疆具有代表性的珍稀濒危植物。它的种子，像一朵朵轻盈的扇状羽毛，一般靠风媒向远处传播。但严寒的天气和恶劣的土壤环境，常常让许多种子在没能找到适宜环境的时候，就已经跌入生存的绝境之中。作为一种多年生草本植物，天山雪莲的自然发芽率不到5%。从一粒种子萌发成幼苗、再开花结果绝非易事，需要历经5~8年的时间，且其一生只开一次花。其独特的生长环境使其天然而稀有，更为天山雪莲蒙上了一层神秘的面纱，惹得无数人想要摘取这世间奇花。

绽放的天山雪莲，在深山微风的轻抚下，如绿衣仙子般灵动迷人，这让很多人都误以为外面那层层叠叠迷人的淡绿色外衣就是雪莲的花瓣，其实并非如此，那只是天山雪莲的总苞。绿衣包裹之下，多个头状花序簇拥在一起格外惹眼，细细密密的紫色小花在里面争奇斗艳，共同构成了其球形的总花序。

天山雪莲高15~35厘米，每年的主要生长时期非常短，所以需要5~8年的时间才能真正成熟，开花结籽。而每年7~8月正是天山雪莲盛开的时节，每到这个时候，都会有大批不法分子前去疯狂采挖。天山雪莲是靠种子繁育的，不法盗挖者往往将其连根拔起，不留一点余地，使其连开花结籽的机会都没有，这些"疯狂"的行为导致天山雪莲数量锐减，成为濒危植物。

新疆著名的摄影师范书财曾在博格达峰脚下的旅游景点看到天山雪莲堆积成山，如白菜般被牧民兜售，往来的游客也乐此不疲地购买着。对于濒危的野生动物，人们常常说"没有买卖就没有杀害"，这话用在濒危植物中也一样，难道那些植物不是生命体吗？这种对天山雪莲毫无节制的盗挖，是另一种形式的杀害。范书财长期在野外开展野生动植物的拍摄工作，他说："过去在天山的大部分地区都有天山雪莲的踪影，但现在只能到一些路途险要、行径困难的深山地带才能一睹其芳容了。"

天山雪莲之所以被如此猖狂地非法盗挖，是因为其有着很高的药用价值。清代赵学敏在《本草纲目拾遗》中写道："大寒之地积雪，

摄影 范书财

摄影 范书财

① 如绿衣仙子般灵动迷人的天山雪莲
② 被总苞包裹住的天山雪莲

"春夏不散,雪间有草,类荷花独茎,婷婷雪间可爱。其根茎有散寒除湿、强筋活血之奇效。雪莲花形似莲花,高达尺许,产伊犁等处,产天山顶峰者为第一",寥寥几笔,便准确地叙述了天山雪莲的形状、产地、药用价值和生存环境。为了避免更多人对天山雪莲起了"歹念"，本文决定不详述天山雪莲的具体药用功效，算是从文字层面给它留一条活路吧！

药用价值给很多珍稀动植物带来了灭顶之灾，人类为了拯救自己便无节制伤害其他生灵的行为，也正在被大自然惩罚。同时，善于思考的人类也开始调整自己的行为方式，对很多具有药用价值的动植物进行了人工驯化。天山雪莲也一样，高寒之地的奇花，未尝不能人工培育。在雪莲生长较为适宜的天山天池附近，就建有一个天山雪莲人工培育基地，只不过这个基地的海拔只有1920米左右，远远低于野生的天山雪莲生长的海拔线，但基本是可以培育成活的，且人工培育的天山雪莲萌发率居然达到了85%。

天山雪莲可以人工种植之后，各类以雪莲为主题的化妆品、药品、保健品等开始在市场上流行起来。但对野生天山雪莲的盗挖并未能够完全遏制，每到天山雪莲盛开之际，一样可以看到旅游景区有人兜售天山雪莲，只是从明目张胆改成了偷偷摸摸，兜售的规模也很小，五朵十朵悄悄地卖。毕竟还是有一些人，一听是野生的天山雪莲，眼睛都在放光，其实他并不清楚野生种和人工栽培种之间具体有什么区别，只是一味地迷信野生的就一定好于人工栽培的。所以，最有效的处罚，是严厉地惩罚购买者，断掉买方意念，卖方自然就缩水消失了。

虽然出台的各类植物保护名录都将天山雪莲收录其中，但野生天山雪莲大面积锐减已成为不争的事实，希望能有一些更好的政策措施，实实在在地对保护天山雪莲起到作用。

参考文献

沈苇. 2009. 植物传奇. 北京：作家出版社：66-79.

普氏野马
驰骋在卡拉麦里的魅影

卡拉麦里的荒芜，不是视觉上的一无所有，而是你看到它时，会从内心深处不自觉地涌出一个词——荒芜。在这里，没有寸草不生的既视感，没有延绵千里一眼可见的地平线，也没有贫瘠土壤的刺眼和颓废，但你就是会觉得，这片土地有种震撼人心的荒芜。

说到卡拉麦里，很自然地，眼前就会闪现出普氏野马的样子。整个卡拉麦里山有蹄类野生动物自然保护区的面积约有173.3万公顷，且东部属于砾石戈壁，中部属于卡拉麦里山，西部属于古尔班通古特沙漠。其面积之大，可以想象。所以，想在这里看到普氏野马的身影，也是一件很难得的事，不少人为了在荒野中一睹其"芳容"，专程驱车前往普氏野马的栖息地附近，却常常会无功而返。不过，我似乎有些幸运，与普氏野马非常有缘，几乎每次穿越

物种特点

体长约210厘米，肩高约110厘米，尾长90厘米，体重350千克。头部长大，颈粗，蹄宽圆。外形似家马，但额部无长毛，颈鬃短而直立。夏毛浅棕色，两侧及四肢内侧色淡，腹部乳黄色；冬毛略长而粗，色变浅，两颊有赤褐色长毛。

卡拉麦里时，都能与之不期而遇，那些夕阳之下马影远去的画面定格在我的脑海中，久久挥之不去。

普氏野马，俗称蒙古野马，原产于我国新疆的准噶尔盆地、甘肃和蒙古国交界地带的荒漠草原。它和我们想象中灵性十足、气宇轩昂、体态健硕且轻盈的"天马"形象差别很大。普氏野马给我总体的感觉，就是非常"钝"。头部钝而大，颈部粗短，鬃毛短而直立，背部平坦且四肢粗壮，总有种过于厚重的感觉。第一眼看过去，特别像理了板寸的野驴，有几分憨态，也有几分土气，丝毫与"天马"的仙气不沾边，这让很多慕名而来寻找其踪影的爱马之人有些失望。但你若仔细观察，就会发现，它虽具野性，但内敛不张扬；它眼神高傲，却神情静淡；它优哉游哉、神闲气定，却时刻保持着机警的状态。这些，都是另一个层面内化于风骨之中的仙气。

别看普氏野马其貌不扬，并非长相俊美的马种，可它在生物学上的意义却非同寻常。普氏野马是目前地球上唯一存活的野生马种，有着6000万年的进化史，保留着马的原始基因，目前全世界仅有2000余匹。基因之古老，血统之纯正，数量之稀少，这一切，使普氏野马毫无疑问地进入珍稀濒危物种行列。

普氏野马与家马从基因上就有着非常显性的区别，它拥有33对染色体，而家马只有32对。普氏野马性格凶野，它的嗅觉、视觉和听觉都非常灵敏，即便是在吃草的过程中，也在机警地观察周围的形势，防范心非常重，所以在自然界中，它们的天敌很难接近马群。在普氏野马放归野外的前4年时间里，只发生了两例野马幼驹被狼咬伤的事件。与家马和蒙古野驴相比，普氏野马具有很强的防御天敌的本能。

长年在新疆野马繁殖研究中心工作的张赫凡女士对野马非常熟悉，她被人们称为"野马公主"。迄今为止，她已经在卡拉麦里的荒野中守护普氏野马25载了。那里承载着她全部的青春年华、她的记忆和她对普氏野马深深的情感。她在《野马：重返卡拉麦里》一书中记录：普氏野马是最"以貌取人"的动物，长得好看、身强力壮的公马总是群体里最受欢迎的，所有群体里的母马都希望跟它生育后代。而那些长得难看、身材矮小的公马则无人理会，

① "其貌不扬"的普氏野马

② 普氏野马在休息时会互相清理皮肤，一般呈反方向站立

摄影 张赫凡

摄影 张赫凡

①
②

有的甚至终生没有母马相伴。野马在休息时会互相清理皮肤，一般呈反方向站立，然后将头伸到同伴的侧身去为对方啃拭肩部、背侧、臀部的皮肤。从她的这些文字中，我们可以看出，她对普氏野马的观察非常细致，且充满了情感。

我一直很好奇，这么珍稀濒危的物种，它所需要的食物是不是也非常珍稀？事实并非如此，从野放的普氏野马在野外的觅食状况来看，它所吃的都是在卡拉麦里随处可见的植物，如针茅、驼绒藜、角果藜、假木贼、蒿、猪毛菜、芨芨草、麻黄及芦苇等。而且，科研人员经过观察发现，普氏野马的公马群具有更为宽泛的食谱，它们一点儿也不挑嘴。

人类早期有关野马的记载，可以在各种岩画中寻到踪迹。在奇台县北塔山阿艾提沟的一处砂石上，刻着一幅以野马为主题的巨型岩画，画面中有大大小小共14匹野马，它们神态各异、形象生动。在欧洲一些国家发现的岩画中，野马的身影也随处可见。而在我国的历史典籍《穆天子传》中，也多

① 优哉游哉、神闲气定的普氏野马
② 觅食中的普氏野马

摄影 张赫凡

处留下了野马的痕迹："枋牛二百、野马三百、牛羊二千、稞麦三百车""野马野牛四十，守犬七十，乃献食马"……

从古至今，为何人类如此关注野马？或许，是因为马这种生物实现了人类奔向远方的梦想。亦或许，在冷兵器时代，它是人类征服世界的佐证，在金戈铁马的征战下，疆土、财富那些充满欲望的概念，一次次化为现实，满足着人类的贪念。然而，对野马的关注，也造成了对野马深深的伤害。

让我们先来了解一下，它为什么叫普氏野马。说起来是个并不愉快的故事。1878年，沙俄军官普热瓦尔斯基带着探险队3次进入准噶尔盆地奇台至巴里坤的丘沙河、滴水泉一带，捕获、采集野马标本，几经周折，人为追赶及动用枪支，最终采集到了野马标本。1881年，沙俄学者波利亚科夫正式定名其为"普氏野马"。当初，那些进入我国新疆的外国探险队，掠夺文物，掠夺财富，也掠夺各类物种资源……

近代以来，为了获得野马这一物种资源，不少国家动用过许多非正常手段。他们以探险队的形式进入我国新疆，在准噶尔盆地一带寻找野马的踪迹。成年野马难以驯服和捕获，他们就动用枪支将身强力壮的成年普氏野马猎杀，制作成标本运走，而将幼驹强行装上火车掠走。1890年德国探险家格里格尔在准噶尔盆地捕捉了52匹普氏野马幼驹，经过长途跋涉运抵德国汉堡，最后仅存活28匹！那些血雨腥风的场面，逐渐消散在历史的风尘中，而就此造成的物种伤害却留下了深深的烙印——野生普氏野马或许已从地球上彻底消失了。

野外不再有普氏野马的身影，但人类给它留了另一种存活路径，即把普氏野马圈养起来，建立繁育中心饲养繁殖，待到时机成熟，再将其种群放归自然。

目前，在新疆的卡拉麦里山有蹄类野生动物自然保护区建有亚洲第一大普氏野马饲养繁殖研究基地。这个建立于1986年的基地已成功繁育了6代700余匹野马，并于2001年8月，在普氏野马的原产地准噶尔盆地将27匹普氏野马放归大自然。至今已先后有16批次110余匹普氏野马被放归野外。2003年，基地成功实现了普氏野马的野外繁殖，而到了2004年就形成了自然分群。如今，令人欣喜的是，野放的普氏野马已完全适应了野外的自然环境。

但是野生种群的恢复，还有漫长而艰辛的路要走。毁灭一个物种，只需要几十年、几年甚至更短的时间，而挽救一个物种，大概"起步价"就是一个百年大计吧！所以，不要轻易去挪动生物圈中任何一个细小的骨牌，每一块都有可能会形成多米诺骨牌的效应，毁灭之态一发不可收拾……

参考文献

孟玉萍. 2007. 放归普氏野马食源植物、食性选择及采食对策的研究. 北京林业大学硕士学位论文.

谢海云. 2001. 二十七匹普氏野马放归大自然. 东北史地, (11): 34-35.

王镇山, 陈琳, 曹杰. 2005. 放归普氏野马的野外生存状况. 新疆林业, (6): 49-51.

张赫凡. 2005. 野马：重返卡拉麦里. 乌鲁木齐：新疆青少年出版社.

伊犁鼠兔
日渐消逝的深山萌宠

爬山爬到半山腰的时候，突然看见一只像泰迪熊一样的萌宠是一种什么感受？对于普通人来说，是尖叫或者爱心爆发。对于从事动物研究的科研人员来说，第一个反应是，这是什么属什么种的动物？

伊犁鼠兔是一种让人看见就觉得可爱的小萌宠。不过遗憾的是，绝大多数人都只是通过媒体发布的照片见过它。能有幸在爬山途中遇见伊犁鼠兔，是一种万幸，就连它的发现者、新疆环境保护科学研究院的李维东研究员都已经有很多年没有在野外碰到过这种小萌宠了。

李维东和伊犁鼠兔之间，有种说不清的缘分。在某种意义上，伊犁鼠兔仿佛是李维东的"孩子"，他觉得自己有巨大的义务保护这种小萌宠。所以30多年来，李维东一直在义务从事对伊犁鼠兔的野外定点观测及保护工作，

物种特点

一种体型娇小的山地哺乳动物，约20厘米长，长有大大的耳朵，灰色的皮毛上散落着些许棕色斑点。仅存于中国新疆，是高原生态系统中的一个群体。它们主要栖息在海拔2800~4100米的天山裸岩区。

没有经费，就四处寻找，自己筹集。为保护伊犁鼠兔，李维东研究员通过媒体呼吁，通过各种途径宣传。尽管保护之路走得很艰难，但他一直选择坚持……

说到伊犁鼠兔的发现，要追溯到1983年。那年7月，年仅28岁的李维东，作为防疫工作人员参加了伊犁地区防疫站组织的自然疫源地调查队。在尼勒克县吉里马拉勒山山谷驻守时，李维东意外在峭壁间，遇见了一只可爱的小动物，它先是小心翼翼从岩石缝隙中探出灰色的小脑袋，又迅速缩回去，过一会儿又探出来，又缩回去，李维东把自己挂在崖壁上不敢动，等待它彻底冒出来。没多久，这个小家伙从岩石缝里溜出来了，看着像灰兔，再看又像大老鼠，长不过20厘米，耳朵比兔子短比老鼠长，又可爱，又奇怪，它的出现立刻引起了李维东的兴趣，就采集了一号标本回去。从此一发不可收拾，这个小家伙成功抢占了李维东的脑海领地。

那次调查结束后，李维东回到乌鲁木齐便开始查阅大量的中外文献，初步确定他发现的小萌宠属于动物新种。之后又经过多次反复调查，确认这是一个新物种。1986年，李维东和马勇将其正式命名为伊犁鼠兔。

在随后的30多年里，伊犁鼠兔成了李维东最感兴趣的话题，他把自己绝大多数精力用在了对这一物种的观察上。也许，正是这种忘我而倾情且不带任何经济利益的关注，让他全身心地体会到一种科研的快乐，而这种快乐，是普通人不能理解的。

通过观察和监测，李维东发现，伊犁鼠兔喜欢栖息在海拔2800~4100米的高寒地带。而它的食物真的太高大上了，主要有天山雪莲、红景天、金莲花、虎耳草等药用植物。到了冬天，伊犁鼠兔就把青兰、火绒草等植物的绿叶和花茎堆成小堆，当成过冬的粮食储备。这些植物，大多生长在高海拔的岩壁石缝间，而且本来也属于濒危或珍稀植物，这就意味着伊犁鼠兔经常缺少食物。或许，正是因为吃的食物太高级，它的粪便在《本草纲目》里面叫草灵脂，专门治小朋友惊厥一类的病症。

为什么说伊犁鼠兔是一种萌宠呢，因为它的外形既像兔子又像老

摄影 李维东

① 又像兔子又像老鼠的伊犁鼠兔

鼠，一般情况下，伊犁鼠兔的体重为 200 多克，身体长度不超过 20 厘米。其大大的耳朵，大大的脚丫，看起来憨态可掬，而且在像考拉一样灰色的皮毛上还散落着一些棕色的斑点。伊犁鼠兔集这么多可爱元素于一身，也是一种天赐吧！

和其他在白天活动的鼠兔不同，伊犁鼠兔的活动高峰期在夜间，只有严寒冬季才会经常在白天出没。而且伊犁鼠兔习惯独居，这在小型哺乳动物里是比较少见的。李维东在研究伊犁鼠兔 30 多年的时间里，从来就没有见过两只伊犁鼠兔在一起。那么小小的一只，却喜欢自己待着，好孤独、好神奇的伊犁鼠兔。

说起来伊犁鼠兔是近几十年里新发现的物种，但其实它是一种古老的孑遗物种。有一种说法是鼠兔是由中新世晚期的跑兔进化而来的。不过，在各种现代因素的作用之下，这种小萌宠正在遭遇着前所未有的生存危机：栖息地面积不断减少，存活数量不断锐减。相关科研人员的统计数据显示，自 2000 年以来，伊犁鼠兔的数量减少了55%以上，其种群的成熟个体数不足1000只，已然处于濒危状态。

对于珍稀野生动物的研究，是一件苦差事，常常是思念的时间比相见的时间长久得多。说起来李维东那么痴迷地做着伊犁鼠兔的研究，可他再一次拍到伊犁鼠兔，却是时隔7年之后

① 萌宠伊犁鼠兔
② 从岩石缝里溜出来的伊犁鼠兔

①
—
②

摄影 李维东

摄影 李维东

的 1990 年。从这个角度看，伊犁鼠兔的存活量确实从一开始发现它的时候就不多，也真的有点危在旦夕的味道。

李维东说："伊犁鼠兔的日渐消逝，似乎有着某种不可逆转的态势。"自 1983 年发现确认伊犁鼠兔这一新物种后的 30 多年间，李维东在全疆设的 14 个伊犁鼠兔观测点中，有 9 个观测点的伊犁鼠兔已经消失。2014 年 7 月，李维东带领一批志愿者对天山一带 6 个伊犁鼠兔观测点进行考察时，在精河县木孜克冰达坂一座悬崖上，有幸再次见到伊犁鼠兔，并拍到照片。这是距上次他拍到伊犁鼠兔之后的 24 年来，唯一一次与它相遇。说起来，有些伤感，那些在网络上流传的伊犁鼠兔照片，很有可能成为它们曾在这世界停留过的证据……

李维东介绍说，伊犁鼠兔逐渐消失在人们视野中的原因主要有 3 个：一是气候变暖，伊犁鼠兔不适应当地环境；二是人类放牧、捕捉等行为导致伊犁鼠兔数量减少；三是伊犁鼠兔的活动范围缩小，它们被分割在不同区域的山头上，缺乏相应的交流环境，近亲繁殖的情况堪忧。再加上伊犁鼠兔还有许多天敌，如白鼬、石貂、狐狸和各种猛禽。这些都造成了它的种群在短短 30 多年时间里不断萎缩……

伊犁鼠兔的濒危状况，不仅仅是一个物种的消逝，更是全球气候变化的晴雨表。全球气候变化对这类高山残留动物的影响，已引起了国际社会的广泛关注。2005 年，伊犁鼠兔作为中国特有和濒危物种，被正式列入《中国物种红色名录》。2010 年 7 月 24 日，世界自然保护联盟将这一天定为"拯救伊犁鼠兔日"。

期望，我们的世界里，能容得下这样一个超级可爱小萌宠的存在；期望我们再一次拍到它的憨态，不需要等候太久时间……

参考文献

李维东，李洪春．1991．伊犁鼠兔分布区与栖息地的初步研究．动物学杂志，26(3): 28-30.
李维东．2003．十年间伊犁鼠兔生存状况的变化．动物学杂志，38(6): 64-68.
李维东．2004．伊犁鼠兔的发现与研究进展．动物学杂志，39(1): 106-111.

北山羊
悬崖上的跳跃高手

北山羊是西伯利亚北山羊的简称，又叫悬羊，广泛分布在中亚的高山区域，在中国则主要分布于新疆和甘肃西北部、内蒙古西北部等地。中蒙边界的阿尔泰山和北塔山的崇山峻岭中也生活着大量的北山羊。

说到北山羊，人们脑海里首先反映出的，便是它头顶那对威风凛凛如弯刀般耸立的长角。而北山羊的特别，远不止"角如弯刀"那么直白，它还是栖居位置最高的哺乳动物之一，常年在海拔3500~6000米的高原裸岩及陡峭悬崖区域徘徊，即便是严寒冬季，也不会轻易迁移到很低的地方活动。有弹性的踵关节和像钳子一样的脚趾，使得它非常善于攀登和跳跃，时不时在悬崖峭壁上"表演"高难度跳跃动作，常令科研观测者紧捏一把冷汗。

当第一缕阳光洒向山崖，阴冷的风掠过

物种特点

又叫悬羊、野山羊等，体长105~150厘米，尾长12~15厘米，肩高100厘米左右，体重40~60千克，但最大的体重可达120千克。北山羊栖息于海拔3500~6000米的高原裸岩和山腰碎石嶙峋的地带，冬天也不迁移到很低的地方，所以堪称栖居位置最高的哺乳动物之一。分布于印度北部、阿富汗和蒙古国等地，在中国分布于新疆和甘肃西北部、内蒙古西北部等地。

岩石峭壁，寒凉开始退却，温度慢慢上升。在天山悬崖的裸岩之上，安静地注视着前方的北山羊，有种不怒自威的肃穆感。这样的画面，让人领略大自然神奇壮美的同时，也会让人不经意触摸到内心，关于生命意义的拷问：北山羊远栖高地的原因，是为了探寻刺激、追寻挑战吗？

与很多动物喜欢择水草而居不同，北山羊在选择栖居地时，竟然对悬崖距离、坡度、地形和植被类型有特殊的选择倾向。有研究显示：它喜欢在悬崖附近、坡度大于30度而小于45度的崎岖山地活动。活动过程中，也会尽量避开平坦山坡。北山羊这种对栖息地的怪异选择是可以理解的，很可能是出于对自身安全的考虑。因为北山羊的栖息地，也是雪豹经常出没的地方，雪豹是北山羊最大的天敌之一。北山羊如此善于攀登和跳跃，常让死敌雪豹非常"郁闷"。虽然，雪豹亦是擅长登高的大型食肉动物，但在猎杀北山羊的时候，却主要靠偷袭，搞得自己有点"声名狼藉"，因为正面攻击，善奔跑的它在崎岖悬崖上，并不是北山羊的对手。况且，以北山羊的攀登和跳跃能力，雪豹常常只能望其项背。为了躲避敌害，北山羊选择在地势险要的地方觅食，背靠积雪的山巅，两旁是深不见底的深渊，这样雪豹就"偷袭"无门了。

《乐府诗集·木兰诗》中写道："雄兔脚扑朔，雌兔眼迷离，双兔傍地走，安能辨我是雌雄。"的确，不少动物远观都是雌雄难辨。但北山羊的雌雄个体之间，差异非常大。成年雌雄北山羊的体型大小差别很明显，雄羊大约是雌羊体重的两倍多，放在一起看，感觉像是孩子和父母之间的体型差异。而从它们犄角的不同，远远就能分辨出雌雄。即便是已经成年的雌性北山羊，犄角也非常细小，长度不过20~40厘米。而雄性的犄角，就大且夸张，犄角长超过1米是很正常的现象，有的甚至与一个七八岁的小孩高度差不多，接近150厘米。

北山羊的角前宽后窄，横剖面像一个三角形。说到角，推算北山羊年龄的方法，也算得上是特别的。通过观察雄羊的羊角，科研人员就可以推算出它的年龄。成年的雄性北山羊长有巨大的角，角上有明显的"横脊"，随着年龄增长，角越来越长，逐渐形成镰刀状。"横脊"也越来越多。大多数年份，雄羊羊角每年都会长出两个"横脊"的长度。因此，用"横脊"的数量除以2，再加上一岁，就是雄性北山羊的年龄。

北山羊吃各种杂草，倒是不太挑嘴。白天，它们大多和猫一样懒，躺在山巅寸草不生的累累岩石上休息。而到了清晨或者黄昏时分，才会溜达到较低的高山草甸处去觅食和饮水。北山羊是群居动物，非常喜欢成群活

① 爬坡中的北山羊
② 觅食的北山羊

①
—
②

摄影 李维东

摄影 李维东

① 群居的北山羊
② 北山羊的警惕性极高

动,但群体又不是很大,一般在 4~10 只,方便迁徙移动,好像也有点方便指挥的意思。当然,也有数十只甚至百余只的较大群体,但现在已经不常见了。

北山羊的眼神非常机警,这在食草动物中很少见,大多数食草动物都眼波流转,温柔多情,但北山羊不是这样,它的眼神透露出来的就是极高的警惕性,觅食的时候会留下同伙放哨,在离群体不远的地方密切注视四周的动静,一旦有风吹草动,整个羊群就会收到警示,立即奔向众兽难以到达的绝崖峭壁之巅。

中科院新疆生态与地理研究所的科研人员发现:北山羊的发情交配期大多选择在寒冷的冬季,通常在 11 月底到 12 月初。雄羊之间用角撞击彼此,感觉是在摔跤一般,直到撞到某一方体力败北。这种撞击的力量非常大,但是,北山羊角上的棱却起了很好的作用,防止羊角滑动过猛而伤了对手。所以,他们是只"打架",比谁的力量大,不以致残为目的。这一点,似乎保

① | ② 摄影 李维东

留了它食草动物"我本善良"的特性。

不过,最让人觉得特别的是,科学家在3年的野外观察研究中发现的"特殊"同居方式:北山羊除在每年的"恋爱"季节会出现雌雄混群外,其他的大部分时间都会选择与年龄相仿的同性一起集群生活。而跟随妈妈生活的雄性北山羊,在年满两岁以后也会选择离开妈妈,选择和年龄相仿的雄性伙伴一起生活。这让观察研究它们的科学家不禁感叹:同性同龄同居加上"间歇性婚姻",北山羊果然是走在时代前列的"浪子"。

参考文献

高行宜,杨维康,乔建芳,等. 2002. 新疆北塔山地区的野生动物. 干旱区研究,(4): 77-84.
徐峰,马鸣,杨维康. 2012. 北山羊行为生态学研究进展. 中国西部动物学学术研讨会.
朱新胜,汪沐阳,杨维康,等. 2015. 北山羊生态生物学研究现状. 生态学杂志,269(12): 273-279.
朱新胜,汪沐阳,杨维康,等. 2016. 新疆天山中部北山羊社群结构. 兽类学报,(1): 56-63.

雪豹
游弋在雪山上的精灵

写下这个标题的时候，脑海中立刻闪现出一个画面：一家自然博物馆，1只母雪豹带着4只小雪豹回头凝望，还来不及欣赏几个月大的小雪豹娇憨可爱的模样，突然看见旁边的标示牌上写着："标本来源：海关查没"！那一瞬间，我心里一阵难过。同样作为母亲的我，忍不住眼中的泪水。虽然这个画面是一年前的事，但至今历历在目。

是的，雪豹被猎杀，早就不是新鲜事。如此惨烈地一次猎杀大小5只雪豹，可以想象那场面的残忍程度，实在令人发指。本来因为生态环境日益恶劣，就面临生存危机的雪豹，加上人类的杀戮，灭顶之灾的阴霾以前所未有的强大态势呈现出来。

中国19家保护组织、科研单位及保护机构在北京联合发布的《中国雪豹调查与保护现

物种特点

大型猫科食肉动物，由于其常在雪线附近和雪地间活动，故名"雪豹"。雪豹具有高度发达的分配血液、调节呼吸等技能。原产于亚洲中部山区，中国的天山等高海拔山地是雪豹的主要分布地。其皮毛为灰白色，有黑色斑点和黑环，尾巴长而粗大，有"雪山之王"之称。

状2018》中指出，对雪豹的直接猎杀或抓捕、栖息地和猎物的减少、政府与公众的认知不足，以及其他潜在威胁是雪豹保护面临的几个主要威胁。在具体的威胁评级中，气候变化、社区保护动力不足等成为全国评分最高的几大威胁。

雪豹（*Panthera uncia*），是一种大型猫科食肉动物，因为其活动范围常常在雪线附近，故名"雪豹"。雪豹有着灰白色的皮毛，其上有黑色斑点和黑环。黑色斑点和黑环呈现出由小到大、由密到疏的排列状态。头部的黑色斑点小且密，而到了背部、体侧及四肢则长着不规则的黑环，越往体后黑环越大。

虽然前后足都能配合其以惊人的速度快速奔跑，但前后足相比差异较大，前足远宽于后足，且前足有5根趾，而后足则只有4根趾。并且，雪豹的掌垫与趾间均具有较浓而长的粗毛。除此之外，雪豹还长着一条粗且长的尾巴，成年雪豹的尾巴长度可达80~90厘米，非常有力，可以在其跳跃时起到平衡和调节作用。

作为亚洲高寒山地的顶级捕食动物，1989年雪豹就被列为国家一级保护动物，至今已过去了30多年了。雪豹的分布区跨越中亚的12个国家，这些年里，虽然各国都加强了对雪豹的保护力度，但至今取得的成效却不甚如意。在中国，雪豹具有较高的知名度，这可能是因为全球60%的雪豹的栖息地都在中国境内。但中国不少雪豹研究者，从未真正见过活体，只是看过标本或者通过远红外热成像技术见过雪豹。雪豹数量之少，可以窥见一斑。

新疆摄影三剑客之一的范书财在天山北麓拍摄期间，曾见到3只雪豹正在围猎北山羊。但遗憾的是，当雪豹发现有人类靠近时，第一个反应居然是丢弃猎物，转身向悬崖逃去。所以，范书财追过去拍摄时，仅拍到了一只回眸的雪豹。可见，这种大型食肉动物是多么惧怕人类。

这里说句题外话，范书财在多年对野生动物的拍摄中，特别体会到一点，当人在车上拍摄时，距离野生动物很近，它们会站在车旁边，摆出各种姿势任人拍摄，也会好奇地观察人，不会惧怕。但如果人下车去拍摄，所有野生动物无一例外都会逃窜。曾经，野兽是我们惧怕的物种，而当前，来自人类的威胁，

① 看上去略显呆萌的雪豹

已成为野生动物最恐惧的事情，不知我们是喜是悲？

雪豹基本是昼伏夜出的，清晨和黄昏是它们活动与猎食的高峰期。范书财的那次拍摄，就是在一个清晨。

雪豹的动作极为敏捷机警，不愧是猫科动物，在山崖之间来回跃动的那种灵活和轻盈的状态，让你难以想象它是个体重70多千克、身长近120厘米的庞大野兽。远红外摄像观察的状态是：它上山下山都有特殊的路径，喜欢沿着山脊和溪谷前行。

雪豹的食物相对丰富，这也造就了它相对宽泛的生存机遇。它主要吃北山羊、盘羊和岩羊，说来这几种动物也是"心存郁闷"的，本来栖息于高山就是为了躲避猎杀，结果偏偏遇到雪豹这种生活在高山之巅且处在食物链顶端的天敌。如果食物不足，雪豹也会退而求其次地选择猎食高原兔、旱獭及鼠类，甚至在某些饿极了的时候，会窜到牧民家里盗食家畜、家禽。听起来，这颇有种没落贵公子变土匪的既视感。不过，雪豹饱食后可以一个星期不进食。而且在猎杀家畜的时候，一般情况下一次只猎杀一只，不会像野狼偷袭牧民家那般成群地咬死牲畜。还有研究表明：在食物极端短缺的情况下，雪豹居然也吃植物，这让人有点不可思议。

摄影 范书财

摄影 范书财

① ② 雪豹是一种非常机警的动物
奔走在雪线附近的雪豹

①
—
②

　　说雪豹是贵公子，一方面是它的长相颇有几分高贵之气，另一方面它是离群索居的动物，相对更喜欢独居。雪豹只有在发情期才组建家庭，成双出入。发情期过后，便留下母豹照顾幼崽，雄性雪豹又"独自欢歌"去了。

　　长年栖息在海拔2500~5000米高山上的雪豹，还有一个特殊爱好：喜欢固定的巢穴，如果不受到特别的打扰，那么很多年都居住在同一巢穴里。就好像迷恋老屋的猎人，捕猎再远，终究还是要回老巢的。特别相对于雪豹不过十几年的寿命来说，这种行为也属于雪山上的"固定居民"了。

　　雪豹又被称为"高海拔生态系统健康与否的气压计"，所以，它又是某种生态指针。雪豹属于绝对的"生人勿近"野兽类型，对其的野外观察也多是通过远红外摄像来获取资料的。曾有镜头抓拍到它在海拔5600多米的高山上，迂回活动，也有镜头拍到它在海拔不过1500米的区域与其他豹类擦肩而过。

这些都说明其活动范围在不断变化。雪豹处于高原食物链的顶端,有它们存在的高海拔区域,就说明这里有着较完整的食物链。而当它开始频繁在海拔2000米以下的区域活动时,意味着高海拔区域的食物链受到了较为严重的破坏,它才到低海拔处活动。因为雪豹本身的体质特性,并不支持它长久地在低海拔区域存活,所以,当调查到雪豹活动区域海拔下降,并不是一件好事。

由于人为活动及经济开发,雪豹的生存区域不断缩小,栖息地的生态环境不断恶化,其食物资源数量明显下降;加上其皮毛作为昂贵的裘皮制品,导致残酷的猎杀行为一直都没有彻底停歇过。当前雪豹的数量正在急剧减少,根据目前相关科研平台调查的预估,全国雪豹的总数不过2000~3000只,已然成了濒危物种。在中国,雪豹的数量甚至少于大熊猫。大熊猫尚可以人工培育,而雪豹的人工培育成功概率非常低。

据中科院新疆生态与地理研究所马鸣研究员的介绍:自2004年起,我国启动了"立体模式的新疆野生雪豹的可持续性保护"项目,在新疆首次进行雪豹痕迹的调查工作,涉及天山、昆仑山、帕米尔高原、阿尔泰山、喀喇昆仑山等。而"新疆雪豹研究"是我国一次较为重要的雪豹研究活动,先后开展了4次联合考察活动。有中国、吉尔吉斯斯坦、印度、巴基斯坦、美国和英国等国的专家与志愿者共同参与,收到了很好的成效,对区域内雪豹的活动规律、个体特征、数量,以及对雪豹食物资源进行了本底资料的有效收集。

雪豹是亚洲高山高原地区最具代表性的物种,所以,当前国际上也正在组织实施一个保护雪豹行动计划。让我们期待,这游弋在雪山之巅的精灵能得到很好的保护。

参考文献

王彦,马鸣,买尔旦·吐尔干. 2012. 雪豹(*Uncia uncia*)研究的文献计量评价. 生态学杂志,31(3): 766-773.

徐峰,马鸣,殷守敬,等. 2005. 新疆托木尔峰自然保护区雪豹调查初报. 四川动物,(4): 608-610.

徐峰,马鸣,殷守敬,等. 2006. 新疆北塔山雪豹对秋季栖息地的选择. 动物学研究,27(2): 221-224.

野骆驼
神秘罗布泊的守望者

沙尘携着岁月的光影,从远处弥漫过来,霎时遮天蔽日,来不及躲避,就已被细如烟尘的黄沙裹挟。我的目光如此迷茫,视线穿不透半米距离,周身的每一个毛孔都被沙尘灌满,呼吸极度困难,似乎生命就此戛然而止。十几年前,在无人区罗布泊的荒滩戈壁,经历过一次沙尘暴,时至今日想起来仍会觉得后怕。

作为中国四大无人区之一的罗布泊,一向是我内心挣扎又向往的地方,挣扎源自那次亲历的沙尘暴,而向往,则是因为那里有我心心念念的野骆驼。在罗布泊的野骆驼国家级自然保护区里,保护着世界上60%以上的纯基因野骆驼,那里是野骆驼的基因库,也是它们的乐土。

野骆驼(*Camelus bactrianus ferus*)隶属于骆驼科骆驼属,是世界上仅存的野生双峰驼种,也是亚洲中部对极端干旱环境具有高度适应性

物种特点

有蹄类动物,头体长3.2~3.5米,背上有两个驼峰。头小,颈长而且向上弯曲,体色金黄色到深褐色。有双行睫毛和耳内毛抵抗沙尘,缝隙状鼻孔在发生沙尘暴时能关闭。驼峰显著地小且更接近圆锥形。

的珍稀濒危动物。野骆驼体态高大，体长3.2~3.5米，肩高1.8~2.3米，体重600多千克，说起来是个庞然大物，但目光温柔，眼波流转，在长长的睫毛的衬托下，那一双大眼睛格外迷人。关键是，它还经常流泪，让眼睛看起来水汪汪的，惹人怜爱。但事实上，那一串串顺着脸颊流下来、看起来像"泪水"的液体，并不是真正的泪水，是它们为了洗刷眼睛中的尘土而流出的体液。

乍看上去，野骆驼和家骆驼区别并不大，以至于科学家也一度认为它们是同一个物种，但是科学家经过对其基因的比对发现，野骆驼和家骆驼的基因差异高达2%~3%，而人类与猩猩的基因差异也只有5%。直到2003年，世界自然保护联盟才确认野骆驼是有别于家养双峰驼的新物种，并将其列为极度濒危等级。

如果说卡拉麦里给人的印象是荒芜，那么罗布泊给人的印象就是悲凉。罗布泊的大部分区域寸草不生，只在一些盐泉周围，稀稀落落地生长着一些盐生植物。地面的盐壳与石头一样坚硬，没有任何生机，一场大风就能让你切实领略什么是"飞沙走石"。在冬天，气温可以达到-40℃，而夏天，部分地表温度可以高达70℃。生命的痕迹，在这里显得过于卑微了，几乎可以忽略不计。而野骆驼，却视这里为家园，在这样的"不毛之地"繁衍生息，演绎着生命的传奇。

能在这样极度严苛的环境里存活，仅仅长着一双迷人的大眼睛可不行，野骆驼身上的很多器官都"别具特色"，以应对干旱、风沙、食物稀少、高温中行走等。野骆驼的鼻孔中有特殊的瓣膜，可以随意开关，既能防风沙，又能保障呼吸顺畅；那双温柔的大眼睛居然有双重眼睑，可以单独闭上或睁开，风沙天它们也一样视力清晰，不会迷失方向；野骆驼的耳朵也不是"等闲之辈"，虽然小，但十分灵敏，即便是很细微的声响也能立刻引起它的警觉，而且耳朵还能折叠，里面密布着细毛，可以阻挡风沙的侵袭。

野骆驼体格和体内机制上的特殊性，是生物进化适应性的最佳体现。脚掌生有宽厚肉垫的野骆驼，凭借特殊的足部趾骨和掌骨结构，使野骆驼在松软的流沙中行走也不会下陷；背上尖尖的圆锥形双峰，

聆听荒野　荒漠中的生命之美

摄影　李维东

① 在荒漠奔跑的野骆驼

是由脂肪和结缔组织组成的,它是野骆驼的能量储备库,隆起时蓄积量高达50千克。找不到食物面临饥饿和缺乏营养时,这两个驼峰就成了救命武器,可以逐渐转化为身体所需要的能量;野骆驼的瘤胃旁有20~30个小囊,每个小囊都能储3升清水,保障了它在戈壁沙漠上不吃不喝也能一连行走数十天;野骆驼可以把大量的水储存在红细胞中,使其在很长时间内忍受沙漠干旱的环境……如此奇特的身体构造,难怪能在环境如此恶劣的条件下怡然自得地生活。

野骆驼在那样荒凉的环境里吃什么,一直是人类非常好奇的事。科研人员通过对其生境植被的调查和对其生存状况的观察发现,野骆驼通常以红柳、芨芨草、芦苇、骆驼刺、白刺、梭梭、野葱、合头藜等荒漠植物的枝叶为食,

摄影 李维东

① 野骆驼视罗布泊为家园,在这样的"不毛之地"繁衍生息,演绎着生命的传奇
② 野骆驼背上尖尖的圆锥形双峰,是它的能量储备库

①／②

　　而同样存在于这一区域的麻黄、假木贼属植物等却不知是什么原因一直被野骆驼拒食。更为奇特的是,科研人员观察到,在中国境内的野骆驼可以靠喝盐水就能生存,而蒙古国境内的野骆驼是靠淡水为生的。这充分说明物种生存的环境,决定了其适应性,即便是同一个物种,在不同环境下的生存策略也是不一样的。

　　一般来说,野骆驼觅食范围为 20~50 千米,到了季节转换时才进行长途迁徙。在塔克拉玛干沙漠分布区的野骆驼种群,历史上形成了沿克里雅河道来回迁徙的习性,所经之处形成一条比较典型的"驼道"。而在嘎顺戈壁分布的野骆驼种群,每年也要经过同一条小路迁徙到罗布泊南岸的阿奇克谷地和相邻的西湖湿地。这些"驼道"有时候会起到"生命线"的作用,那些在风沙中迷失了方向的人,如果发现"驼道"并沿着走,就有可能找到水源。

在中科院新疆生态与地理研究所的科普馆里，有一具野骆驼骨架，那是我唯一近距离接触过的野骆驼。而这具骨骼标本，被认为是该馆的"镇馆之宝"，因为全世界也很少有博物馆能收藏野骆驼标本。标本少的原因很简单，野骆驼太珍稀。历史上曾广泛分布于中亚干旱荒漠区的野骆驼，由于人类影响日益加剧，其分布范围日趋萎缩，种群数量急剧下降，已成为极度濒危物种。据国际野骆驼保护研究中心调查，20世纪80年代初全球有2500~3000峰野骆驼。而目前，全球野骆驼种群总数不足1000峰，这使得野骆驼成了比大熊猫还珍稀的物种。

野骆驼的原始种一直生活在中国和蒙古国的沙漠戈壁中，在100多年前，全世界都认为野骆驼已经灭绝了，直到1883年沙俄军官普热瓦尔斯基（就是那位发现并采集普氏野马的俄国军官）来到罗布泊，几经周折，找到了野骆驼并将标本带回了俄国。随后，斯文·赫定等也发现并记录了野骆驼在罗布泊等地的活动情况。这些发现，虽然向世人宣告野骆驼并未灭绝，但同时，也对野骆驼的生存造成了更大的危机。在那个兵荒马乱的年代，一些探险者不惜重金，进入罗布泊寻找并猎杀野骆驼。而后来，随着气候变化及人类活动对罗布泊区域生态环境的影响，野骆驼不得不退守到荒漠中心，靠着咸水和荒漠植物维系种群的繁衍生息。

曾经水草丰美的罗布泊，如今已成了无人区。而野骆驼，却成了这片荒凉凄厉的旷野上最后的守望者。它们如此势单力薄，还能坚守多久，是一个不敢奢望的远景……

参考文献

吴鹏, 辉朝茂, 薛亚东, 等. 2014. 阿尔金山北麓野骆驼生境植被调查研究. 林业调查规划, 39(3): 58-62.

薛亚东, 吴三雄, 孙志成, 等. 2014. 野骆驼的研究和保护：现状与展望. 四川动物, 33(3): 476-480.

赵序茅, 海拉提·胡斯曼, 卢绍忠, 等. 2017. 野骆驼：六成藏在罗布泊. 森林与人类, (4): 62-69.

马可波罗盘羊
在荒野中低吟

帕米尔高原的晨风,有种萧瑟的凄凉感,它带着千里高原的气息,拂过你的面庞,让寒意劝退你的倦懒。瞬间,周遭一片宁静,而你突然感觉自己与亘古高原融为一体,和着古老的节奏,聆听着山崖的呼吸、湖泊的召唤、树木的耳语,感受着万物缓慢生长的韵律。

当阳光在山边出现,露出它刺目的微笑,那些洒落在林边的薄雾便轻轻散去,一如悄无声息地来。而此刻,在山的背阴处,离牧民的帐篷不过千余米的地方,或许正有一对对美丽的"大角"在低头寻觅着紫花针茅,它们希望尽快用食物来果腹,然后悄悄回到它们的聚集地悠然踱步,等待日落之后,再次出来觅食。每一个晨昏,都是这些美丽"大角"的活跃期,也最容易与它们不期而遇。

那些美丽、盘旋状的大角,来自世界上体

物种特点

又称盘羊帕米尔亚种,雄性肩高可达120厘米,体重可达200千克。雄性的弯角粗大,长达1米以上,向下扭曲呈螺旋状,外侧有环棱;雌性的角非常短,而且弯度不大。毛的颜色从淡棕色至白灰色,胸、腹部的颜色浅一些。在发情期外雄羊和雌羊各自形成5~10头羊组成的群。

型最大的野生绵羊——马可波罗盘羊，特别是马可波罗盘羊的雄性个体，它们的角硕大，盘旋而生，可以长达1.7米，重三四十千克。而它们也因为这对美丽的大角，给自己的生存带来了巨大的危机，成为当代狩猎者最向往的猎物之一。好在全世界只有塔吉克斯坦和吉尔吉斯斯坦两个国家允许合法狩猎马可波罗盘羊。否则，它从地球上消失就是一个不远的话题了。

说到它的名字，很多人会困惑，为什么一种生活在帕米尔高原的野生羊，会叫马可波罗盘羊？难道是从欧洲引进的野生种？事实并非如此。公元1273年，著名的旅行家马可·波罗途经帕米尔高原，他在游记中写道：那里有一座湖泊，一条清澈的河流从湖泊中缓缓流出……在那里，生活着许多动物。其中，有一种野羊，体型巨大，数量非常多，它们的角长可以达到6个手掌的距离。也正是基于这一段记录，1840年英国博物学家将该物种定名为马可波罗盘羊。

帕米尔高原的雄浑之美，不仅是山之巍峨、水之秀丽、云之多姿，更为重要的是，它是野生动植物的天堂。这里分布着典型的高寒荒漠植物，常见的植物有紫花针茅、垫状驼绒藜、中麻黄、南疆点地梅、青藏薹草等，还有雪豹、北山羊、胡兀鹫、金雕、豺、藏原羚、岩羊、藏雪鸡、暗腹雪鸡、秃鹫等多种野生动物与马可波罗盘羊为伴。所以，我国在这里建立了新疆塔什库尔干野生动物自然保护区，尽可能将过度放牧、栖息地破坏、非法狩猎、矿业开发等干扰因素减小到最低程度，而在这个保护区内，马可波罗盘羊是其主要保护对象，有不到3000只。

盘羊有9个亚种，马可波罗盘羊是盘羊中最著名的亚种动物，它又被称为盘羊帕米尔亚种，仅分布于中国、阿富汗、塔吉克斯坦、巴基斯坦和吉尔吉斯斯坦5国边境相邻的帕米尔高原。马可波罗盘羊常年栖息于高原，它们一般在海拔3500~4800米区域活动，偶尔也去更低或高的海拔区域活动，有滑雪者在慕士塔格峰5300米处发现了6~7岁龄的马可波罗盘羊头骨。马可波罗盘羊没有特定的活动区域，会在不同的山谷中穿梭，寻找安静且草料丰富的地方，也同样让人感觉到

摄影 李维东

摄影 李维东

① 马可波罗盘羊常年栖息于高原
② 马可波罗盘羊的『武器』就是它美丽的壮硕的角

①
②

　　这又是一个"不走寻常路"的家伙。

　　马可波罗盘羊被认为是世界上最大的盘羊。一般体长 120~200 厘米，体重 65~200 千克，如此壮硕，它却能在岩石间攀爬，这得益于它的羊蹄前端陡直，可以很好地抓住岩间窄小的区域而站稳。但比起其他善于攀爬的羊类，它又属于爬山技巧比较差的，因此在逃跑的时候，你一般不会看见它逃向太陡峭的山坡，而是选择适合狂奔的路径。

　　原以为，马可波罗盘羊这样的"神兽"会远离尘嚣、远离人类，躲在静谧山谷里怡然自得地生活，然而科研人员却告诉我，他们经常把望远镜架在牧民的帐篷里，这样就可以观测到马可波罗盘羊了。因为在保护区内，马可波罗盘羊倾向于选择距居民点或毡房 1000~2000 米的区域采食，原因居然是山谷中下部植被长势较好的区域多被牧民占据，而距牧民居住点 2000 米以外较远的区域，多为海拔较高、植被稀疏的流石滩，因此，马可波罗盘羊选择人为干扰距离适中的区域是在食物与人为干扰之间"权衡"的结果。不是它离人类近了，而是人类占据了它的地盘，在饿肚子和当"神兽"之间，它们选择了先果腹。

　　中科院新疆生态与地理研究所的科研人员在常年的观测中发现，和北山

① 狂奔中的马可波罗盘羊
② 群居的马可波罗盘羊

羊一样,马可波罗盘羊也存在同性聚群的行为模式。一年中的大部分时间,公羊和母羊会分开,各自组成大小不同的群体,在不同的区域活动。而只有到了冬天交配的季节,也就是每年的 11~12 月,公羊和母羊才会混群相聚,建立配偶群,以繁衍后代。

马可波罗盘羊公羊要通过打斗,才能确定自己的地位,获得配偶。所以,虽然很多公羊到两岁之后就已经性成熟了,但一般要到 4 岁之后,才有机会进行交配,因为它首先得保证自己能打得过那些体型更大的公羊。马可波罗盘羊公羊的武器,就是它们美丽而壮硕的大角,一旦打起来,就是角与角的猛烈撞击,而巨大的撞击声,甚至会响彻山谷。看来结婚生子不易,这不仅是人类面临的问题,动物界的婚配似乎也更加艰辛不易。就是因为只能通过打斗获得爱情,马可波罗盘羊公羊的羊角在性选择作用下才会变得硕大无比。

帕米尔高原是高寒气候,要熬过漫长的冬季,一身厚实的皮毛就成了马可波罗盘羊的标配。除了抵御寒冷,这身皮毛还是它们的"隐身衣",因为它们都是褐灰色或污灰色的毛发,这和帕米尔高原冬季的山体融为一体,能巧妙地蒙骗狼和雪豹敏锐的视线。不过,皮毛再厚再耐寒,也抵不住长期的低温天气。2006 年 12 月至 2007 年 1 月,帕米尔高原东部遭遇长达 30 天的 -35~-30℃ 的低温天气,马可波罗盘羊因寒冷和食物枯竭而死亡。

作为一名多年在野外观测马可波罗盘羊的科研工作者,中科院新疆生态与地理研究所的汪沐阳老师告诉我,马可波罗盘羊巨大美丽的公羊角引来了